KB054261

두터운 삶을
향하여

# 두터운 삶을 향하여

펴낸날 2015년 4월 20일

지은이 정현종
펴낸이 주일우
펴낸곳 ㈜**문학과지성사**
등록번호 제1993-000098호
주소 121-894 서울 마포구 잔다리로7길 18(서교동 377-20)
전화 02)338-7224
팩스 02)323-4180(편집) 02)338-7221(영업)
전자우편 moonji@moonji.com
홈페이지 www.moonji.com

© 정현종, 2015. Printed in Seoul, Korea
ISBN 978-89-320-2750-0

이 도서의 국립중앙도서관 출판예정도서목록(CIP)은 서지정보유통지원시스템 홈페이지
(http://seoji.nl.go.kr)와 국가자료공동목록시스템(http://www.nl.go.kr/kolisnet)에서
이용하실 수 있습니다. (CIP제어번호: CIP2015010663)

# 두터운 삶을
# 향하여

정현종 산문집

문학과지성사
2015

차례

# I

I 장은 2005년 여름부터 네 차례에 걸쳐 『대산문화』에 연재한 글로 구성되었다.

# 마음의 자연

—

자연, 시, 앎

 

그동안 인간이 가치나 아름다움에서 으뜸가는 것을 나타내기 위해 사용한 비유 중 대표적인 것 두 개를 들라고 한다면 당연 '빛'과 '꽃'일 것이다. '빛' 대신에 모든 빛의 원천인 '태양'을 쓰기도 하지만, 빛이라는 말은 다 알다시피, 정신적인 깨달음에서부터 역사적인 업적에 이르기까지 대단한 일이나 그 일을 해낸 사람을 꾸미느라고 흔히 쓰이고, 꽃이라는 말은 보통 정화(精華)라든지 정수(情髓)라는 뜻을 담아 쓰인다. 어떻든 빛과 꽃은 더 이상 좋을 수 없는 상태나 존재를 가리킬 때 쓰는 말이라고 해도 과히 틀린 소리는 아닐 것이다.

그런데 실은 '빛'이라는 말이 발음되거나 내걸리면 그 소리와 단어는 즉시 그 주위를 환하게 밝히는 듯하고, 또 '꽃'이라는 말이 발음되거나 내걸리면 즉시 향내가 나는 듯하니 그 말들은 거의 실물에 가깝다고 할 수도 있다. 다시 말하여 빛은 워낙 밝은 것이고 꽃은 워낙 아름다운 것이어서, 그리고 그것들이 우리의 감각기관에 워낙 선명히 각인된 것이어서, 그 말들이 환기하는 것 이외의 것은 전혀 틈입할 여지가 없다.

그러고 보니 인간은 몸을 살리기 위해 먹을 것을 자연에서 퍼오는 건 물론이고 정신을 활동시키는 비유나 이미지도 자연에서 퍼온다. 햇빛과 바람과 물과 흙은 몸의 근거이기도 하지만 또한 마음을 생성하는 원소들이기도 하다. 우리에게 비상하는 힘을 샘솟게 하는 것은 비행기가 아니라 공기와 새들이며 땅에 붙박여 있으면서 상승의 꿈을 꾸게 하고 실제로 그런 에너지를 공급하는 것은 무슨 깃대 같은 게 아니라 나무들이다. 샘물은 또 그게 감정이든 의지이든 무엇이든, 모든 샘솟는 것을 나타내는 비유의 원천인데, 만일 어떤 시인이 샘물을 잘 노래했거나 다른 어떤 것을 썩 잘 노래했다면 독자는 거기서 어떤 회생의 샘물을 마시게 되는 셈이다. 예를 들자면 한이 없겠지만, 그것들의 공통점은 모두 살아 있다는 것인데, 자연이 생명의 원천이라는 얘기는 실제로는 물론 상징적으로도 그렇다.

잠깐 딴소리를 하고 이어가자면, 이 잡지의 편집자가 글을 청탁하면서 그동안 읽은 무슨 책을 가지고 쓰면 좋을 것 같다고 하여, 특히 청소년 시절에 탐독한 책 몇 권을 뒤적이면서 오늘날에도 유효한 무슨 말씀이 있나 살펴보다가 랠프 월도 에머슨Ralph

Waldo Emerson의 글 한 대목과 또 중년에 읽은 헨리 데이비드 소로 Henry David Thoreau의 글 몇 대목을 발견했는데, 그 얘기들은 오늘날뿐만 아니라 앞으로도 계속 새겨들어야 할 말이었으므로 그 대목들을 같이 읽어보면서 사족을 붙여볼까 궁리를 했고, 그들은 두 사람 다 자연 숭배자요 또 그 대목의 화두가 자연이어서 위와 같이 시작이 된 게 아닌가 싶다. '자연'은 현대 세계의 문제들과 깊숙이 연관되어 있을 뿐만 아니라 문학하는 사람들에게도 중요한 얘깃거리인데 우선 소로의 「걷기Walking」라는 글에서 한 대목을 옮겨본다. (인용문의 "자연"은 대문자다.)

"자연"을 나타내는 문학은 어디 있는가? 바람과 시내를 자기를 위해 말하도록 자기의 업무에 원용하는 사람이 시인일 것이다. 그는 농부가 봄에 결빙으로 솟아오른 말뚝들을 두드려 박듯 말들을 그 원초의 의미들에 박았으며, 말들을 사용할 때마다 그 말들의 기원을 찾았다—뿌리에 흙이 묻어 있는 말들을 그의 책 페이지에 이식했던 것이다. 그들의 말은 너무도 참되고 신선하고 자연스러운 나머지 봄이 올 때 솟아나는 싹처럼 부풀어 오르는 듯이 보였다.

인간의 삶은 문명화, 사회화, 도시화하면서 자연에서 멀어져 추상화, 간접화를 위한 조작의 재주 부리기를 계속해왔고, 그러한 과정은 당연히 물질과 권력 등에 대한 욕망을 증폭시켜, 자연에서 보듯이 필요한 만큼만 갖는 게 아니라, 추상화된 욕망의 노리개가 되었다. 그렇게 앞이 보이지 않는 돌진에 제동을 거는 건 아주 힘든 일로 보이는데, 어떻든 인간은 과학기술과 정치권력과 경제체제 따위가 압도적으로 지배하는 인공적 환경에 유폐되어 생명의 원천이며 살아가는 방식의 전범인 자연에서부터 더욱 멀어지고 있다든가 하는 따위의 생각을, 위의 소로의 글과 함께 우선 떠올려보게 된다.

그가 "자연"을 대문자로 쓰고 있는 이유는 물론 그의 자연에 대한 외경을 나타내는 것인데, 그러한 외경은 인간을 사회의 일원으로 보지 않고 자연의 일원으로 보는 그의 기본적인 생각을 떠올리게 할 뿐만 아니라 "삶이 아닌 것은 살지 않으려고" 월든 숲으로 들어가 2년 2개월 동안 살았던 도저한 '진짜 지향'을 생각나게 하는바, 그가 말하는 "자연"은 여러 가지 뜻과 의도를 함축하고 있다고 할 수 있다.

위의 인용에서 소로는 참된 말에 대해 얘기하고 있는데, 자연으로 하여금 말하게 하는 것이 참된 말이라는 것, 그의 신선한 비유대로 "뿌리에 흙이 묻어 있는 말들을" 책에다 이식하는 것이라는 것, 그럴 때 "그들의 말은 너무도 참되고 신선하고 자연스러운 나머지 봄이 올 때 솟아나는 싹처럼 부풀어 오르는 듯이" 보인다는 것인데, 그런 말을 그는 시에서 찾고자 한다.

그런데 자연으로 하여금 말하게 한다는 것은 그가 예로 들고 있는 바람과 시내 따위의 자연을 원용한다는 얘기만은 아니다. 그보다 더 중요한 전언으로 들리는 것은 "자연"이 '참됨'과 동의

어이고, '신선함'과 동의어이며, 그것들은 '자연스러움'에서 온다는 애기인 것이다.

뛰어난 시의 언어는 언어라기보다 생물이라고 나는 여러 해 전에 파블로 네루다Pablo Neruda의 시를 애기하면서 말한 적이 있지만, 시인이 그야말로 자연에서 받은 천분에 따라 그의 영혼은, 따라서 그의 말은 야생 상태에 가까운 것일 수가 있다. 다시 소로의 글 몇 구절.

생명은 원래 야생 상태다. 가장 살아 있는 것은 가장 자연 그대로인 것이다. 인간에게 위압당하지 않은 채 있는 그것의 존재는 그를 기운 나게 한다.

이 말은 "한 도시는, 거기 사는 의인(義人)보다는, 그 도시를 둘러싸고 있는 숲과 습지 들에 의해서 구해진다"는 말과 함께 읽으면 좋은데, 예를 들어 학교에서 가르치는 것보다 교정의 나무들(숲)이 더 귀중한 것을 가르친다는 나의 생각과 비슷한 맥락 속에 있는 것이라고 할 수 있다.

아닌 게 아니라 소로는 같은 글에서 또 이렇게 말하고 있다.

참으로 좋은 책이란 서양의 평원이나 동양의 정글에서 발견하는 들꽃처럼 자연스럽고, 의외로 그리고 뭐라 말할 수 없을 만큼 아름답고 완전한 어떤 것이다. 천재란 번갯불처럼 어둠을 보이게 하는 빛으로서, 아마도 지식의 사원 자체를 산산이 부순다 ─ 그러니까 평상시의 빛 앞에서 빛을 잃는 종족의 노변(爐邊)에 켜놓은 작은 촛불이 아니다.

인지(人智)라고 하는 것의 보잘것없음을 강하게 암시하고 있는 말인데, 그는 당시에 있었던 '유용한 지식 보급회Society for the Diffusion of Useful Knowledge'라는 걸 비판하면서 이런 이야기를 하고 있다.

그들은 지식은 힘이라나 무슨 그런 얘기를 한다. 그런데 '유용한 무지 보급회'도 똑같이 필요하다고 생각되는바, 우리는 그걸 '아름다운 지식'이라고 부를 터인데, 좀더 높은 의미에서 유용한 지식이다. 우리가 자랑하는 이른바 지식은 자기가 뭔가 알고 있다는 자만에 불과해 우리의 진짜 무지를 아는 기회를 앗아가는 게 아닌가? 우리가 지식이라고 부르는 것은 흔히 적극적인 (자신 있는) 무지이며, 무지는 우리의 소극적인 지식이다. 여러 해 참을성 있는 노력과 신문 읽기로 ─ 학문의 도서관들이란 신문 더미 외에 무엇이겠는가? ─ 수많은 사실들을 모으고 그것들을 기억 속에 쌓아놓는데, 그러다가 그의 인생에 어떤 봄이 오면 생각의 드넓은 벌판Great Fields of Thought으로 어슬렁어슬렁 걸어 나가서 한 마리 말처럼 풀에게 가며 마구들은 모두 마구간에 내버려둔다. 나는 때때로 '유용한 지식 보급회'에게 "풀한테 가시오" 하고 말하겠다. 당신들은 충분

마음의 자연

히 오랫동안 건초를 먹었다. 그 푸른 작물과 함께 봄이 왔다. 5월이 오기 전에 저 소들은 풀밭으로 내몰리게 된다. 자연을 거스르는 어떤 농부는 소들한테 1년 내내 건초를 먹인다는 얘기를 듣기는 했지만, '유용한 지식 보급회'는 빈번히 소 떼를 그렇게 취급하고 있다.

어떤 사람의 무지는 때때로 유용할 뿐만 아니라 아름답기도 하다 ─ 어떤 이의 이른바 지식이 흔히 추악한 데다 무용함보다 더 나쁜 데 비하여, 어떤 사람이 더 나은 사람일까. 무슨 얘깃거리에 대해 아무것도 모르면서 자기가, 이건 지극히 드문 일이지만, 모른다는 것을 아는 사람과, 그것에 대해 뭔가 좀 알면서 자기가 모든 것을 알고 있다고 생각하는 사람 중에?

나의 지식욕은 간헐적인 반면 내 두 발이 모르는 공기에 머리를 적시고 싶은 욕망은 끊이지 않고 항구적이다. 우리가 얻을 수 있는 제일 높은 것은 지식이 아니라 '지성에 대한 공감Sympathy with Intelligence'이다.

위와 같은 소로의 이야기는 지식과 정보의 시대라고 하는 오늘날 (그리고 그 지식과 정보가 무지와 맹목성의 소산일지도 모르는데) 그 울림이 더욱 크게 느껴지는 것이다. 그 역설적인 이야기 속에 들어 있는 '깊은 뜻'에 대한 공감이, 시끄러운 정보와 지식 때문에 잘되지 않는다 하더라도, 적어도 그 이야기 속에는 지식에 대한 가차 없는 회의와 진정한 앎에 대한 열망이 들어 있음을 느낄 수 있어야 한다. 그리하여 가령 자기가 알고 있다고 생각하는 것이 무지에 불과했는지도 모른다는 느낌을 조금이라도 느끼면서 말을 잘하지 못하는 사람이 늘어나면 인간 세상은 좀더 살만하게 되지 않을까 하는 생각도 든다. [우리는 가령 불가(佛家)의 선(禪)에서 침묵을 명상의 방법이자 정점이기도 하다고 여긴다는 걸 알고 있고, 또 동양에서 눌언(訥言)의 미덕을 얘기해오고 있다는 것도 알고 있다. 그리고 인류의 역사라는 것이 줄곧 불행과 비참을 동반해온 까닭이 무지에서 나온 말들이 지나치게 넘쳐나고 지배적이기 때문이 아닌가 하는 혐의도 가질 수 있다.]

그리고 위의 인용문에서, "우리가 얻을 수 있는 제일 높은 것은 지식이 아니라 '지성에 대한 공감'"이라는 말은 지혜롭고 섬세한 영혼의 말임에 틀림없다. 짐작건대 지식이 학습을 통해 얻어지는 데 비해 지성은 타고나는(자연이 주는) 것으로서, 여러 가지 길들이기 과정을 통해서 퇴색하지 않는 창조적 에너지의 생동을 따라 움직이는 마음이 아닐까 싶은데, 지식이 문명의 짝이라면 지성은 자연의 짝이라고 할 수 있는바, (지식/문명의 순응주의가 낳은 결과들에 대한 비판은 일단 접어두고) 소로가 생각하는 "지성"은, 에리히 아우어바흐 Erich Auerbach가 단테론 『이승의 시인 단테 Poet of the Secure World』에서 단테에 관해 말하면서 한 말인 "완전함에 대한 비전"을 갖는 능력에 가까운 게 아닐까 생각되기도 한다. 그리고 그런 이상적인 비전 없이 어떻게 현실이 조금이라도 나아지겠는가 하는 생각 또한 떨쳐버릴 수 없는 것이다.

마음의 자연

여기서 우리는 또 한 사람의 큰 정신의 말에 귀를 기울여보려고 하는데 에머슨의 「경험」이라는 글의 한 대목이다.

자연은 계산하는 사람들을 싫어한다. 자연의 방법은 비약적이고 충동적이다. 인간은 맥박으로 살며 우리의 기관운동 또한 그러하다. 그리고 화학적 에테르적 동인(動因)들은 파동적이며 교차적이다. 또한 마음은 대립하면서 움직이고 발작적으로만 번성한다. 우리는 재난으로 번창한다. 우리의 주요 경험들은 우연한 것이었다. 가장 매력적인 사람들이란 직접적인 타격이 아니라 비스듬히 힘을 행사한 사람들이다. 천재이지만 아직 인정받지 못한 사람들. 어떤 사람은 세금을 많이 내지 않고도 그들의 빛의 기쁨을 누릴 수 있다. 그들의 미(美)는 새나 아침 햇살의 미이며 예술의 미가 아니다. 천재의 생각에는 언제나 경이가 있다. 그리고 그 속의 도덕적 감정은 "새로운 것"이라고 제대로 얘기되었는데, 어린애에게나 나이 많은 지성인에게나 새로운 것 즉 "눈에 띄지 않고 도래하는 천국"인 것이다. 마찬가지로 실제적인 성공을 위해서는 너무 많은 계획을 세워서는 안 된다. 사람이 최상의 일을 할 때는 남의 눈에 띄지 않게 마련이다. 그의 더없이 합당한 행동에는 여러분의 관찰력을 마비시키는 어떤 마력이 있어서 비록 당신의 눈앞에서 행해졌다고 하더라도 그걸 알아차리지 못하는 것이다. 삶의 예술은 어떤 수줍음을 가지고 있으며 잘 드러나지 않을 터다.

앞부분의 자연에 대한 통찰은 자연의 일부인 인간에게도 해당되는 것이겠는데, 그가 "천재"라고 부르는 매력적인 사람들은 자연을 닮거나 자연스러운 사람들이라는 생각이 깔려 있음을 알 수 있다. 그들은 "직접적인 타격이 아니라 비스듬히 힘을 행사한 powerful obliquely 사람들"인데, 비스듬히(간접적으로) 힘을 행사한다는 말이 모호하기는 하지만 매력적인 말로서, 뒷부분과 연관해서 보면 대충 이해할 수 있지 않을까 한다. 즉 "사람이 최상의 일을 할 때는 남의 눈에 띄지 않게 마련"이라든지 "삶의 예술은 어떤 수줍음을 가지고 있으며 잘 드러나지 않"는다든지 하는 말들. 이 말들 속에는 현인의 통찰과 지혜가 숨 쉬고 있으며 모두 자연의 방식이라고 생각된다. 자연이 하는 일은 더 이상 완전할 수가 없이 이루어지는 일이라고 할 수밖에 없고 그 하는 일은 우리의 눈에 잘 띄지 않는다. 천지간의 모든 일이 그렇겠지만 예컨대 봄에 꽃이 피는 것에서부터 곰팡이가 피는 것에 이르기까지 우리가 모르는 사이에 어느새 피어 있는 걸 우리는 철마다 새삼스럽게 느끼지 않는가. 사람이 더없이 합당한 일을 할 때 그 행동에는 우리의 "관찰력을 마비시키는 어떤 마력"이 있다는 통찰은 그리하여 참으로 눈 밝고 귀 밝은 영혼의 더듬이— 모든 살아 있는 것들의 움직임과 표정의 심연이나 내밀을 신통하게 다 알고 있는 더듬이를 느낄 수 있다.

"최상의 일을 할 때는 남의 눈에 띄지 않"는다는 얘기는 또한 사람들이 최상의 일을 잘 알아보지 못할 수도 있다는 뜻이 들어

마음의 자연

있기도 한 듯한데, 그것은 "천재이지만 아직 인정받지 못한 사람들"이라는 말과 연관시켜서 그렇게 볼 수 있지 않을까 한다.

또한 "삶의 예술은 어떤 수줍음을 가지고 있으며 잘 드러나지 않을 터"라는 말은 인간 세상이 좀더 나은 쪽으로 가기 위해서 대단히 중요한 얘기라고 생각된다.

우리의 삶에서 "수줍음"이라는 화두.

아, 사람들이 수줍어하는 마음을 조금이라도 갖고 있다면 온갖 파괴적, 소모적인 싸움으로 인한 불행과 비참이 조금이라도 줄어들지 않을까 하는 생각을 해본다.

힘 있는 국가, 기관, 개인 들이 자기의 힘을 행사하면서 다소라도 수줍어한다면(비스듬히 힘을 행사한다는 말이 다시 상기된다), 자기들이 신봉하는 교조나 이념에 대해 조금이라도 수줍어한다면, 모든 단위의 자리(自利)중심주의를 조금이라도 수줍어한다면…… 크고 작은 예들이 이어질 수 있겠으나 하여간 그렇다면 전쟁이나 폭력, 광신이나 공공의식의 마비 같은 것이 줄어들 것이라는 생각.

어떻든 문학은 다른 활동들과 비교해서 본질적으로 수줍은 활동일 것이다. 그렇다고 하는 것은 문학이 인생살이와 세상살이에 대하여 비교적 깊이 생각하고 자세하게 느끼며 여러 국면을 동시에 고려하는 것이 그 생리라는 점에서 그렇고, 이 때문에 다른 활동(예를 들어 정치나 장사)에 비해 판단에 유보적이며 행동이 굼뜨다는 점에서도 그렇다. 다시 말하면 문학은 망설이면서 진

행되는 활동이며, 그 언어는 지배하려는 의지에서 제일 먼 언어
라는 점에서 수줍은 활동이다. 특히 시는, 인간의 여러 가지 기획
과 시도에서, 뭔지 그럴듯한 것을 가리키는 눈짓으로서의 꿈에
항상 이끌리기 때문에 특히 수줍은 활동이라고 할 수 있다.

　　인간에게는 물론 본능적으로 힘을 숭배하는 성향이 있고 그런
면에서 틀림없는 동물이지만, 또 한편 '자연스럽지 않은' 힘에
대해서는 거북해하고 역겨워하는 성향도 있다. 그리고 수줍음이
란 말과 행동으로 이루어지는 사회생활에서 그 말과 행동의 나
름대로의 충일과 그리고 그 불가피한 조건인 결핍을 아울러 느
끼면서 보이는 표정이라고 말해볼 수도 있겠다. 조금 달리 말하
자면 말의 힘과 침묵의 힘 사이에서 수줍음은 떠오르며 행동의
힘과 무위(無爲)의 힘 사이에서 또한 수줍음은 떠오른다 ―마치
그것들이 갖고 있는 결핍을 채우듯이⋯⋯


　　그러나저러나 이 화창한 봄날, 생존을 위한 소음과 돌진과 맹
목의 바다에 돌 하나를 던지듯 해봤자, 세상의 무슨 털끝에도 닿
지 않을 얘기를 하느라고 끙끙거리고 있을 게 아니라, 봄 속으로
나가봐야겠다. 참됨과 신선함과 자연스러움의 동의어인 '자연'
에 값하는 마음으로 노래한 시인 네루다의 그야말로 '자연'이 말
하고 있는 「봄」이라는 작품을 적어놓고.


　　새가 왔다.

탄생하라고 빛을 가지고.
그 모든 지저귐에서부터
물은 태어난다.


그리고 공기를 풀어놓는 물과 빛 사이에서
이제 봄이 새로 열리고,
씨앗은 스스로가 자라는 걸 안다;
화관(花冠)에서 뿌리는 모양을 갖추고,
마침내 꽃가루의 눈썹은 열린다.


이 모든 게 푸른 가지에 앉는
티 없는 한 마리 새에 의해 이루어진다.

# 마음의 빛

**1**

빛이 없으면 우리는 맹인과 같다. 그건 물리적으로도 그렇고 은유적으로도 그렇다. 햇빛이 만물을 드러내 보여주듯이 영혼의 빛은 정신의 보석과 그 무한을 열어 보여준다. 또 햇빛이 만물을 키우듯이 어떤 영혼이 발하는 빛은 우리의 정신을 키운다. 물론 정신적인 광합성을 통해서다.

은유로서의 빛은 실로 여러 가지 경우에 최종적이고 유일한 비유로 쓰인다. 황홀이나 기쁨, 깨달음, 사랑, 미덕과 표정 들, (뜻이 겹치기도 하지만 좀 달리 말해서) 어떤 비전들, 완전함…… 등.

**2**

새벽은 빛이 태어나는 시간이다. 빛은 태어나면서 동시에 만물을 태어나게 하니, 새벽─빛은 모든 창조와 (새로운) 탄생과 신선함으로 고무된 시작들의 동력이다. 가스통 바슐라르Gaston Bachelard는 『공기와 꿈』(정영란 옮김, 이학사, 2000)에서 프리드리히 니체Friedrich Nietzsche의 『차라투스트라는 이렇게 말했다』에 있는 「해 뜨기 전에」라는 글의 첫 대목 "오 내 머리 위의 하늘, 맑고 깊은 하늘이여! 빛의 심연이여! 그대를 바라보면서 나는 신성한 욕망으로 전율한다. 나는 그대를 향해 나 자신을 높이 던지니(In deine Höhe mich zu werfen), 거기에 내 심연이 있도다! 그대의 순결함 속에 자신을 감추는 것, 거기에 **나의** 순진무구함이 있도다!"를 인용하고 나서 "떠오르는 해는 다가오는 새날의 결백이며, 세계는 **새롭게** 일어난다. **새벽**이란 그러므로 일어나는 우리 존재의 전신감각이다"(p. 277)라고 말한다.

그런데 위의 글은 또한 새벽, 태양, 새벽빛의 광원(光源)이 우리 자신이기도 하다는 것을 보여준다. 자기 속에 광원을 갖고 있지 않은 사람은 푸른 하늘을 보거나 떠오르는 태양을 보면서 그렇게 부르짖을 수 없을 것이며 또 그러한 부르짖음을 듣고도 그러한 공명을 하지 못할 것이기 때문이다. 모든 빛의 향수는 공명 속에서 이루어지며 그것은 필경 빛의 교향, 빛의 잔치다.

그리고 그 빛의 엑스터시는 빛의 밝음과 높이에 관련되어 있다. 그 밝음과 높이는 맑은 공기에 의해 매개되어 몸을 흠뻑 적시면서[光浴] 불가항력의 법열 속에서 어떤 상승─고양─정화를 겪게 하는데, 내적인 빛 역시 마찬가지다.

다시 광원에 대한 바슐라르의 이야기를 읽어볼까 하는데 그는 우리의 상상력이 바로 광원이라고 말한다. 그에 따르면 정신과 의사의 유도에 따라 몽상에 잠기는 환자가 자신의 비참한 상태에서 벗어날 때 우리는 우리 존재에 대한 성찰 속에서 상상적 빛, 곧 우리 자신 속에서 태어나는 그런 빛의 원천에 위치하게 된다. 그리하여 전적으로 이미지들의 왕국에서 살게 될 때 야콥 뵈메Jakob Böhme의 말 "그러나 이제 잘 생각해보라. 죄어들 듯 씁쓸하고 불같은 것이었으되 이제 그윽해지는 고결한 생명의 바탕 색조가 어디에서 왔는지를. 너는 빛 이외에 다른 이유를 발견하지 못할 것이다. 그런데 어두운 육신 속에 들어와 빛나는 바로 그 빛은 어디서 연유하는가?"를 이해하게 된다고 하면서 이렇게 말한다. "이 빛의 **덩어리**는 어떤 외부 물체로부터 오는 것이 아니다. 그것은 꿈꾸는 우리의 상상력 바로 그 중심에서 태어난다. 그렇기 때문에 그것은 푸른빛과 장밋빛과 황금빛이 결합된 **태어나는** 빛, 여명의 빛이다"(pp. 218~19).

### 3

아인슈타인의 상대성이론에는 "물체의 속도가 빛의 속도에 근접할수록 시간이 느려지다가 빛의 속도와 같아지면 시간은 정지한다"는 얘기가 있다고 한다. 그러니까 우리가 만일 빛이라면, 다시 말해 광자(光子)라면 시간의 흐름을 전혀 느끼지 못할 것이라는 얘기다.

티베트 불교에 관한 책들은 해탈한 상태, 참다운 상태의 마음의 무시간성에 대해 말하고 있는데, 그럴 때 몸은 빛 속으로 해체되어 스스로 빛난다고 한다.

우리의 모든 괴로움이 시간 속에서 일어나는 일 때문에 생기는 것인데, 한때라도 시간에서 벗어나려면 스스로 빛이 되어야 하는 모양이니, 별수 없이 시간을 사랑하는 수밖에 없고 괴로움을 끌어안고 뒹굴며 무시간성 같은 건 성자들의 몫이라고 여기면 될 모양이다.

그러나 위의 얘기들로 미루어보아, 우리가 흔히 말하면서도 그게 그다지도 굉장한 상태, 눈부신 상태를 가리키는 줄 모르고 쓰는 말에 "시간 가는 줄 모르고……"라는 말이 있다. 시간 가는 줄 모르고 뭔가를 하는 동안 우리는 빛인 것이다!

또 시적 순간이라는 게 있다. 그 순간에 벌어지는 일 중의 하나가 이미지라는 광원이 새벽을 연다는 것이다. 말하자면 싹트는 무한이다.

잠결에
시가 막 밀려오는데도
세계가 오로지 창(窓)이거나,
지구라는 이 알이
알 속에서 부리로 마악 알을 깨고 있거나,
시간이 영원히 온통

푸르른 여명의 파동이거나,

하여간 그런 시가 밀려오는데도,

무슨 푸르른 공기의 우주

통과하지 못하는 물질이 없는 빛,

그 빛이 만드는 웃고 있는 무한―

아주 눈 속에 들어 있는 그 무한

온몸을 물들이는 그 무한,

하여간 그런 시가 밀려오는데도

나는 일어나 쓰지 않고

참을 청하였으니……

— 정현종, 「시가 막 밀려오는데」 부분
(『광휘의 속삭임』, 문학과지성사, 2008)


빛의 속도와 같아지면서 시간이 무화(無化)하고 새벽을 여는 것 중에는 또 남녀 간의 사랑이 있다. 폴 엘뤼아르Paul Eluard의 「네 눈의 모양」이라는 작품은 사랑하는 사람의 눈의 모양이 자기의 가슴을 둘러싸고 돈다고 하면서 그걸 "시간의 원광(圓光)"이라고 노래한다.


네 눈의 모양이 내 가슴을 둘러싸고 돈다.

춤과 달콤함의 원형(圓形).


마음의 빛

시간의 원광, 밤의 요람 그리고 분명
나는 내가 살았던 걸 더 이상 알지 못한다.
네 눈은 나를 항상 보지 않았다.


날의 잎들과 이슬의 이끼,
바람의 갈대와 향내 나는 웃음,
세계를 점화하는 날개들,
하늘과 바다를 실은 배들,
소리 사냥꾼들과 색채의 원천들,


새벽 떼의 메아리 냄새
별들의 짚에 기대 있고,
날이 천진함에 기대듯이
세계는 네 순수한 시각(視覺)에 의지한다.
내 온 피는 그 시선 속에 흐르고.


　사랑은 시간을 신화적 영원의 모습인 원형으로 돌게 하고, "세
계를 점화하는 날개들"이며 "새벽 떼의 메아리 냄새"로 공기를 가
득 채운다. 네루다도 그의 『100편의 사랑 소네트』(정현종 옮김, 문
학동네, 2002) 첫 시에서 사랑하는 사람의 이름을 식물이나 와인
등에 비교하면서 "그 성숙 속에서 새벽이 처음 열리는 말"이라고
노래했는데, 엘뤼아르는 한술 더 떠서 그냥 "새벽"이 아니라 "새

벽 떼"라고 함으로써 쇄도하는 새벽의 느낌 강도의 엄청남을 느끼게 하고, 그것도 모자라 "메아리"라는 말을 덧붙이고, 또 그것도 미흡한지 "냄새"를 덧붙여 감각적 구체와 느낌의 육체를 날로 퍼붓는데 이런 게 바로 시의 시성(詩性)이며 그 탁월함이고, 사랑이든 빛이든 열반이든 가령 종교적 진술 같은 것의 추상성으로는 닿지 못할 경계다.

또 『단테의 신곡』(최민순 옮김, 을유문화사, 1960)의 「천국 편」 제30곡에서 단테는 자기를 인도하는 베아트리체를 "내 눈의 햇님"이라고 했는데, 평생 자기의 광원이었던 여자에 대한 더없이 완전한 명명이 아닐 수 없다. 완전하다고 하는 것은 "나의 햇님"이 아니라 "내 눈의 햇님"이라고 함으로써 더없는 살가움을 확보하면서 해─햇빛이 하는 모든 실제적인 일과 또 빛이 상징적으로 수행하는 모든 상태를 아우르는 어마어마한 존재로 느낄 수 있게 하기 때문이다. "내 눈의 햇님"이 얼마나 강력한 표현인지 각자 자기의 눈 속에서 느껴보면 알 터다.

한편 그들이 올라간 지고천(至高天)인 청화천(淸火天)에는 빛의 강물이 흐른다고 써놓고 있다.


4

동이 트는 순간 숲의 어둠 속에서 마악 떠오르는 나무들의 초록빛과 하얀 숲길에 감격한 일을 나는 얘기한 적이 있지만, 동이 트는 바로 그 순간에는, 날이 다 밝은 뒤에는 느낄 수 없는, 세계가 빛에 의해 매일매일 창조되고 있다는 느낌의 엄습을 받기도 한다. 그러니까 세계는 먼 옛날에 이미 창조된 게 아니라 매일 동틀 무렵에 창조되고 있다는 발견은 또 하나의 경이일 수 있다.

그에 비해 해가 떠오르는 걸 볼 때는, 특히 가까운 산 뒤에서 불쑥 솟아오르는 불덩어리일 때는 또 전혀 다른 느낌에 싸이게 되는데 그건 목이 메이는 듯한 광희(狂喜) 같은 것이다.

라빈드라나드 타고르Rabindranath Tagore는 콜카타의 한 거리에서 나무들 위로 떠오르는 해를 보면서 겪은 걸 그의 친구에게 얘기한 적이 있는데 앤드류스라는 그 친구는 그의 서간집에 그 얘기를 수록해놓았다.


내가 그걸 바라보고 있는데, 그 순간 홀연히 내 눈에서 베일이 거둬지는 것 같았다. 세계는 사방으로 터지며 발산하는 기쁨과 아름다움에 싸여 있는 걸 나는 발견했다. 내 가슴에 겹겹이 쌓여 있던 슬픔의 짙은 구름은 세상의 빛으로 완전히 관통되었고 그건 온 누리에 눈부시게 빛났다……

그 순간에는 내가 사랑하지 않는 게 없었다…… 나는 베란다에서 육체노동자들이 길을 걸어 내려가는 걸 보고 있었다. 그들의 움직임, 그들의 모습, 그들의 얼굴이 이상하리만큼 굉장해 보였는데, 마치 세계라는 대양에서 모두 파도처럼 움직이는 듯했다. 한 젊은 남자가 지나갔는데, 그건 나에게 엄청난 사건이었다…… 나는 내 비전의 전일(全一)함 속에서, 온 인류의 일단이 움직이는 걸 목격하는 듯했고, 음악의 박자와 신비한 춤의 리듬을 느꼈다.

떠오르는 태양이, 아침의 그 빛이 한 시인으로 하여금 어떤 비전을 보게 했는지 알 수 있는데, 햇빛이 에너지라는 건 모든 생물에게 마찬가지인데 인간의 몸과 마음에도 마찬가지다.

새벽빛이나 떠오르는 태양의 광휘는 아주 실질적인 일을 하는데, 영혼을 새벽빛으로 물들이면서 마음의 새벽을 열고 우리의 마음이 해돋이와 더불어 또 하나의 광원이 되게 한다는 것이다.

그리고 앞의 여러 예에서 보았듯이, 모든 무시간적인 상태, 상상적 비전, 모든 싹트는 힘과 그 파장, 창조적 처음과 그 신선함 같은 것들의 비유가 되며, 그 비유가 육화(肉化)된 것인 한 그 말을 읽거나 듣는 사람이 그 비유의 모태와 비슷한 상태를 경험하게 한다.

비슷한 맥락에서 한용운이 「찬송」이라는 작품의 첫 연에서,

님이여, 당신은 백 번이나 단련한 금(金)결입니다.
뽕나무 뿌리가 산호가 되도록 천국의 사랑을 받읍소서.
님이여, 사랑이여, 아침 볕의 첫걸음이여.

라고 썼을 때, 여기의 "아침 볕의 첫걸음"은 물론 "님"을 수식하는 것이지만, "아침 볕"에서 느끼는 "첫걸음"의 성질을 알려주기도 한다. "아침 볕의 첫걸음"에 따라 이 세상도 첫발을 내디디며

마음의 빛

우리의 마음도 첫걸음을 떼어놓게 되기 때문이다.


**5**

앞에서도 얘기했지만 우리가 불멸의 존재, 상태, 가치 같은 것들을 말할 때는 한결같이 빛으로 꾸민다. 아니 꾸민다기보다는 그들이 빛을 발하니 그걸 보고 느낄 수 있는 영혼들은 자기가 본 것을 그리거나 노래할 뿐이다.

손에 닿는 것을 모두 불멸로 만드는 시인들이 있는데, 바로 네루다와 라이너 마리아 릴케Rainer Maria Rilke가 그런 사람들이다. 사물을 신화적인 것으로 만드는 것, 노래하는 것들을 불멸로 만드는 것이 시인의 위대성의 중요한 조건이라면, 20세기에 위의 두 시인이 있었다는 건 우리의 행운이 아닐 수 없다.

릴케는 붓다를 기리는 시를 세 편이나 썼는데, 인류가 성자들을 갖고 있다는 건 물론 인류의 행운이지만 그들의 불멸의 행적과 말의 광채를 되비치는 시인들이 있다는 것도 인류의 행운이다. 릴케의 「빛 속의 붓다」라는 작품을 읽어본다. [제목의 "빛"은 glory의 번역인데, 광륜(光輪), 광배(光背)라는 뜻도 있다.]


모든 중심들의 중심, 속 중의 속,

아몬드, 스스로에 둘러싸여 향미(香味) 깊어지는

이 만물, 더 먼 별들

그리고 그 너머까지 모두가 당신의 살, 당신의 과일입니다.

이제 당신은 느끼십니다. 그 어떤 것도 당신한테 매여 있지 않음을;

당신의 광활한 외피(外皮)는 끝없는 공간에 닿아 있고

거기 진한 즙이 솟아 나와 흐릅니다.

당신의 무한 평화로 빛을 얻어,


수없는 별들 밤새 회전하며

당신 머리 위 높이 타는 듯 빛납니다.

그러나 당신 속에 앞으로 있을 것이

이미 있습니다. 모든 별들이 죽을 때에도.


"당신의 광활한 외피는 끝없는 공간에 닿아 있고"라는 구절은 원효(元曉)가 『대승기신론소』에서 화엄경을 인용하며 한 말 "허공의 가(辺)를 찾으면 오히려 될 수 있어도 불(佛)의 한 모공(毛孔)은 가(涯)도 없고 한계도 없다"와 흡사한데, "이 만물, 더 먼 별들/그리고 그 너머까지 모두가 당신의 살, 당신의 과일입니다"는 앞 비유의 좀더 감각적인, 살가운 표현이다. 그리고 감각 지각은 친근성의 원천이다.

릴케가 보는 붓다의 빛은 "무한 평화"에서 나오는 빛인데, 그게 어느 정도냐 하면 수없는 별들이 거기서 빛을 얻어 밤하늘에 빛난다는 것이다. 부처는 세상에 나오자마자 "이 세상에 가득 찬 고통을 내 반드시 평정하리라(三世皆苦 吾當安之)"라고 했다는데, 그 탄생게(偈) 속에는 새벽빛이 동트고 있었으며, 시인의 느낌에 따라 무한 평화에서 발원하는 그 빛의 즙은 마르는 법이 없어서 심지어 "당신 속에 앞으로 있을 것이/이미 있"다고까지 얘기된다.

# 두터운 삶을 향하여

  모차르트 탄생 250주년이라고 하여 그의 고향인 잘츠부르크에서 연주회를 비롯한 여러 행사들이 벌어지고 있다는 소식을 들었다. 한국에서도 KBS FM이 1월 27일부터 나흘 동안(국악 시간만 빼고) 모차르트 음악만을 틀기로 하였다고 한다. 참 잘한 일이다. 전파/전자 매체들이 경쟁적으로 저질화되고 있는 듯한 오늘날 한 음악 채널이 모차르트 음악만을 나흘 동안 방송한다는 것은 참으로 반가운 일이 아닐 수 없다. 이런 기회에 사람들이 고전음악에 대해 더욱 많은 관심을 가지면 좋겠다는 바람을 가져본다.

  많은 작곡가들이 나름대로 개성과 매력을 가지고 있겠지만, 나는 특히 바흐, 베토벤, 모차르트를 인류가 누리는 비할 데 없이 귀중한 은총이라고 말해왔는데, 우선 뭉뚱그려서 말해보자면, 그들의 음악은 우리의 마음을 자연이 하는 바에 견줄 만큼 생생하게 하고 드높이며, 따라서 우리의 몸을 생생하게 하고 드높이기 때문이다.

음악이야말로 언어로 규정할 수 없고 더군다나 한두 마디로 표현하기 어려운 것이지만, 그래도 느낌의 일단을 비유해서 말해본다면, 바흐는 지구를 덮고 있는 저 바다의 쉼 없이 일렁이는 물결(파도의 그 '쉼 없음'은 참으로 놀라운 일이거니와)의 움직임─넓고 깊고 두터운 그 덩어리의 움직임 속에 성성(聖性)과 평화와 순명(順命) 같은 것들을 내장하고 있는 영혼의 춤이라고 한다면, 베토벤은 불길의 춤과 폭풍의 움직임에 가깝다고 할 수 있고, 모차르트는 지상의 모든 마르지 않는 샘물─슬픔조차도 빛으로 물들여 금광석과도 같은 명랑성의 광휘로 울려내는 그 샘물과 운명을 같이한다고 말해볼 수 있다.

그런 작곡가들이 무슨 말을 했을까 궁금해서 그들의 어록을 읽어본 적이 있는데, 다시 꺼내서 표시해놓은 데를 보니까 모차르트가 1778년 12월 뮌헨에서 자기 아버지한테 보낸 편지에 이런 이야기가 있다.

'즐거운 꿈들'이란 말씀은 무슨 말씀이지요? 꿈을 꾸는 데 대해서야 다른 말이 필요 없겠지요, 때때로 꿈을 꾸지 않는 인간은 이 지구상에 없으니까요. 하지만 '즐거움 꿈들'이라니요! 평화로운 꿈들, 상쾌한, 달콤한 꿈들! 그게 바로 그것들이지요——실현되면 나의 삶을, 즐겁다기보다 슬픈 삶을, 좀더 견딜 만한 것으로 만드는.

베토벤도 귀먹은 뒤의 고통을 말하면서 자기를 자살 충동에서 구해주는 건 오직 예술뿐이라고 했고, 예술이 삶을 견딜 만하게 해준다는 건 고전적인 얘기지만, 그런 맥락에서 모차르트가 말하는 꿈들이 바로 예술이 우리 삶에서 하는 일이라고 할 수 있다.

꿈이라는 말은 상투적으로 쓰이곤 하지만 인간의 꿈꾸는 능력은 항상 새로울 수밖에 없는데, 말할 것도 없이, 꿈이란 개인적으로나 사회적으로나 좀더 나은 상태에 대한 바람이요 동력이기 때문이다. 더군다나 예술의 꿈은 그 창조 과정에서나 수용 과정에서 전적으로 아름다움에 의존하기 때문에 그 가치가 탁월한 것이라고 할 수 있다.

예를 들어 세상살이의 어려움 속에서 그 어려움 때문에 뒤틀리고 이상해지는 대신 한껏 아름다운 작품을 써낸다든지, 창조의 동기가 개인적이더라도 보편적인 공감을 얻는 게 만들어진다든지 할 때 우리는 그러한 재능을 탁월하다고 한다. 사실 보편적인 얘깃거리를 가지고 쓴다고 썼는데 사적인 한계를 벗어나지 못하는 작품도 있고, 또 사적인 동기로 작품을 썼는데 보편적인 높이에까지 이른 작품도 있을 터다. 그리고 뒤의 경우 자기도 모르는 사이에, 저절로 그렇게 되는 것이라면 더할 나위 없이 뛰어난 것이라고 할 수 있겠다.

예술 창조란 필경 긍정의 기술이다. 인간과 그의 삶의 여러 괴롭고 일그러진 조건에도 불구하고 뭔가 아름다운 것을 만들어내고자 하는 미의지의 소산이 예술 작품이기 때문이다. 그리고 미적 창조의 숨은 원리는 항상 조화와 균형일 것이다. 이것은 고전주의 예술의 원리라는 좁은 뜻을 넘어서 인간의 보편적인 성질이나 욕망, 한 시대나 장소의 특수성, 다른 사회나 개인 들의 생각과 취향 따위에 대한 성찰과 반응을 포괄하는 조화와 균형을 뜻한다. 다시 말하여 그것은 정신과 감정의 움직임이 탁월한 것이기 위해서 요구되는 미덕이라고 해도 좋다. 물론 그 숨은 원리는 예술 창조뿐만 아니라 인간이 지금보다 나아지기 위한 모든 노력들에도 요구되는 능력이기도 하다.

그리하여 어떤 시대의 기풍이나 어떤 사회의 예술에서 그러한 능력이 현저하게 약화되고 있다고 느껴질 때 우리는 위기감을 느끼기도 하지만, 우리의 걱정과 기획 속에 공동체의 운명에 대한 고려가 다소간에 들어 있기를 바라는 사람이 많을수록 그 공동체는 살기 좋은 쪽으로 변화하리라는 건 틀림없는 사실이다.

위의 얘기와 비슷한 맥락에서 요한 볼프강 폰 괴테Johann Wolfgang von Goethe가 요한 페터 에커만Johann Peter Eckermann과의 대화에서 한 이야기는 음미해볼 만한 것이라고 생각된다.


나는 이제 당신이 경험을 통해서 자주 확인하게 될 얘기를 할까 한다. 쇠망과 파멸의 상태에 있는 모든 시대는 주관적이다; 반면에 모든 발전하는 시대는 객관적인 경향을 지닌다; 우리의 오늘날은 후퇴(퇴화)하는 시대인데, 왜냐하면 주관적이기 때문이다; 우리는 그것을 시에서뿐만 아니라 그림에서도 보며 그 외의 여러 가지에서 본다. 반면에 모든 건강한 노력은 안에서부터 바깥 세계로 향하는바, 모든 위대한 시대들에서 목격될 터인데, 그 시대들은 참으로 발전 상태에 있었으며 모두 객관적인 성질을 갖고 있었다.

(*Words of Goethe*, Tudor, 1949, p. 137)


이런 얘기를 하면서 괴테는 15세기와 16세기라는 위대한 시대에 대해 계속 이야기했는데, 위에서 "주관적"이라는 말은 자기의 기분, 태도, 의견을 과도하게 강조하는 지나치게 자기중심적인 태도나 사물이 생각의 대상이 아니라 자기 마음에 속해 있는 것으로 여기는 태도 등의 뜻을 갖고 있고 "객관적"이라는 말은 개인적인 감정이나 편견에서 자유롭다든지, 사실에 기초해 있다든지, 사물이 자기의 마음(생각·느낌)보다는 마음 바깥에 독립해 서 있다는 태도를 가리킨다는 사전적 의미는 다 아는 얘기다.

한 시대가 주관적이다 객관적이다 할 때 그것이 그 시대의 기풍ethos을 말하라는 것이라고 한다면, 오늘날 한국 사회의 에토스는 거의 자폐적일 정도로 주관적이라는 느낌을 지울 수가 없다. 특히 정치 분야가 그렇고, 일생생활에서 공공의식이 너무 없는 국민의 행태가 그렇고, 예를 들어 그동안 찬양을 받아온 '붉은 악마'도 건강한 현상으로 보이지 않으며, 유행가의 가사나 곡

두터운 삶을 향하여

조의 천박함은 말할 것도 없지만 지루하고 떼쓰는 것 같은 단조로운 젊은 세대의 음악도 퇴화의 냄새를 풍기는 것 같다. 그야말로 '정신' 없고 '마음'도 없이 이른바 정보의 홍수와 흥행의 소란 속에 허우적거리는 시대, 실물 접촉은 드물고 가상 접촉을 주로 하면서 사는 시대이기 때문인가. 나의 느낌으로는 권력, 돈, 기술 따위에 의한 전면적인 마비를 비롯해 삶이라는 것이 너무 맹목적인 충동에 의해 진행되기 때문이 아닌가 싶기도 하다.

그래서 예술, 교육, 언론 등 문화의 역할이 강조되지 않을 수 없는 것이고, 다른 분야에 비해 문화는 그 성질이나 생리상 제일 덜 자기중심적인 활동이라고 할 수 있지만 이마저도 그런 경향에서 완전히 자유로울 수는 없다. 괴테는 자기 당대의 독일 시와 다른 분야들이 주관적이라고 걱정하고 있는데 어느 시대나 예술작품이 자기중심적 특성을 자각하거나 읽어내지 못하는 건 좋은 흐름이라고 할 수 없다.

동화의 의미와 중요성에 대해서 쓴 책이 몇 해 전 번역되어 한국에도 알려진 브루노 베텔하임Bruno Bettelheim은 『프로이트와 인간의 영혼Freud and Man's Soul』(1982)이라는 책에서, 많은 미국 사람들이 생각하는 훌륭한 삶 — 남에 대한 배려에 앞서 자기주장을 옹호하는 넘버원주의를 지적하고 그것이 프로이트가 믿는 훌륭한 삶 — 적어도 인간이 영위할 수 있는 최상의 삶, 가장 누릴 만하고 가장 의미 있는 삶 — 다시 말해서 자기 자신이 아니라 참으로 남을 사랑할 수 있고 타인을 위해서도 긍정적인 결과들을 낳는 뜻있고 만족스러운 일을 찾을 수 있는 삶과 어긋난다고 말하면서 나르키소스의 신화를 상기시키고 있다(이 책에는 프로이트의 주요 용어들을 미국 사람들이 적절치 않게 번역해서 정신분석학의 참의미를 왜곡한 사례들이나 오이디푸스 콤플렉스 등의 용어를 소포클레스의 작품 분석을 통해서 알려주는 등 교시적인 내용을 담고 있다).

이 신화가 의미하는 것—나르키소스가 자기 자신에게 홀린 게 스스로를 파괴하는 원인이라는—에 대한 명확한 이해 없이는 프로이트가 가장 원시적인 인간 발달 단계를 가리키느라고 쓴 "나르시시틱narcissitic"이란 말을 이해할 수 없는데, 그 단계란 완전히 대책 없는 유아가 자신의 속수무책을 과대망상적인 자기중심주의로 보상하는 단계를 말한다. 프로이트가 그걸 환기시킨 것은 우리에게 나르시시즘에 대한 경고, 오직 자신만을 사랑하는 채로 남아 있는 것이 파괴적인 결과를 가져온다는 경고를 하기 위해서였다. 그는 자기 자신에게만 관심을 갖는 것은 자기 파멸이라는 걸 알았고, 그것이 타인들과 현실세계에서부터 그를 소외시키고 결국은 자기 자신에서부터 소외시킨다는 걸 알고 있었다. 자기의 영상만을 응시했던 나르키소스는 휴머니티와의 접촉을 잃었고 자신의 인간다움과의 접촉도 잃어버렸다. 정신분석 이론에 따르면, 치료를 통해 알아낸 사실들이 충분히 뒷받침해주는 것이지만, 자신을 지나치게 사랑하면 정서적 아사 상태에 빠진다. 신화에서 나르키소스가 자신이 비친 물속으로 뛰어드는 것이 상징적으로 나타내는 것은 자기애적인 사람의 정서적 죽음이다. 친밀하고 상호적이며 서로를 만족스럽고 풍요롭게 하는 타인들과의 관계는 인간에게 최상의 삶을 살게 한다. 하지만 이런 관계가 결여된 삶은 얄팍하고 의미 없어질 뿐이다.

위와 같은 이야기들은 개인의 정신 상태에서부터 크고 작은 집단들을 거쳐 한 나라나 시대의 기풍과 관련해서 음미해볼 만한 게 아닌가 한다. 더군다나 공동체의 운명과 직결되는 정치 지도자나 지배 집단이 유아적 자폐증 비슷한 징후를 보일 때 큰일이로구나 싶은 느낌에 잠기는 것은 그러한 성향이 초래할 결과를 우려하기 때문이다.

최근에 즐겁게 읽은 책으로 도정일 교수와 최재천 교수의 대담을 나누어 엮은 『대담』(휴머니스트, 2005)이라는 책이 있는데, 여러 가지 들어볼 만한 이야기들 중에 인간을 탁월하게 하는 것은 무엇인가에 대한 대목이 있다. 도정일 교수는 그 질문에 정답을 가졌던 시대는 없고 그러나 무엇이 탁월성인지 알 수 없다고 말하는 것도 무책임한 일이라는 전제를 하고 나서, 지금까지 인간이 살아오면서 이루어보려고 했던 어떤 집단적 목표, 역사적·환경적 제약에도 불구하고 인간이 꿈꾸어온 어떤 이상적 수준에 비추어 탁월성을 생각해보련다고 말한다.

첫째, 인간은 틀림없이 이기적 동물입니다. 그러나 동시에 그 이기적 성향을 거스를 줄 아는 존재입니다. 이기성과 비이기성 사이에서 벌어지는 긴장과 싸움을 감당할 능력, 거기에 인간의 탁월성이 있다는 생각이죠. 두번째 생각은 인간이 '지금 여기'에 매어 있으면서도 그 결박을 넘어 다른 것을, 지금 여기의 '너머'를 보는 능력을 갖고 있다는 겁니다. '지금'을 넘어 과거와 미래를, '여기'를 넘어 다른 곳, 다른 세계, 다른 가능성, '저기'를 보는 거죠. 보기만 하는 것이 아니라 그 다른 것들과의 '연결'을 시도합니다. 괴테가 가을 숲을 지나다가 읊조린 시구절이 있죠? "보아라, 이 지상의 것이 아닌 위대함이 저기 있지 않느냐?" 이런 연결의 능력은 아주 위대합니다. 어떤 글에서 나는 연결의 능력이 곧 상상력이라고 썼습니다.

(pp. 515~16)

진화의 핵심은 다양성이라는 생물학 쪽의 전언을 듣는 것도 즐거운 일이지만, 도정일 교수의 위와 같은 이야기를 비롯해서 신화나 바보론 등을 통한 '두터운' 삶의 발견에 관한 이야기 등에 나는 전적으로 공감하는데, 두텁기로 말하면 자연이 제일이고, 신화도 (소로도 말하듯이) 자연에 뿌리를 내리고 있는 것이어서 우리는 그것을 통해 삶과 세계의 두터움을 발견하고 기약할 수 있는 것이겠다. 그리하여 우리의 정신과 삶을 두텁게 하는 것은 결국, 우리가 신화나 신화의 '문명화된' 변종인 문학 그리고

두터운 삶을 향하여

다른 예술들에서 확인하는 능력인 상상력이라고 말할 수 있다.

괴테가『빌헬름 마이스터의 수업시대』1, 2(안삼환 옮김, 민음사, 1999)에서 빌헬름의 입을 통해 "모든 가치를 느낄 수 있고 고양시킬 줄 아는 시의 정령"에 대해 말하면서 "그렇지, 자네도 인정하겠지만, 시인이 아니고 대체 그 누구가 신(神)들을 만들어내고 우리를 그들의 자리에까지 끌어올리고 그들을 우리가 있는 데까지 끌어내릴 수 있었겠나?"(1권, p. 129) 하고 말할 때도 상상력이 하는 일을 말하는 것에 다름 아니다.

'두터움'이라는 것에 대해서 말하자면 사람의 심성, 앎, 거기서 나오는 표정, 태도, 행동에서부터 생태계의 질서에 이르기까지 수많은 차원의 헤아릴 수 없는 경우들을 나열할 수 있겠고, 또 가령 앎 하나를 예로 들더라도 그것이 얄팍한 것과 두터운 것이 있을 수 있는데, 지식뿐만 아니라 지혜도 있다든지, 살아 있는 것들에 불가피한 고통과 슬픔에 공감하는 파토스까지 갖고 있어서 어떤 실천을 낳는다든지 한다면 우리는 그러한 것을 두터운 앎이라고 할 수 있는 등…… (구체적인 예도 몇 가지 든다면 양은냄비와 무쇠가마솥, 뜸 들이기와 인스턴트성 같은 것에 비유되는 심성과 행태라든지 벽창호나 청맹과니에 비유되는 것들 등……)

그러나 여기서는 이 글의 흐름에 따라 시적 두터움이라고 할 수 있는 것들에 대해서 이야기를 조금 더 해볼까 하는데 우선 릴케의『오르페우스에게 부치는 소네트』가운데 1번 작품을 읽어보려고 한다.

나무 한 그루 저기 솟아올랐다. 오 순수한 상승!
오 오르페우스가 노래한다! 오 귓속에 높은 나무!
그리고 모든 게 입 다물었다. 하지만 그 침묵 속에서도
새로운 시작, 부름, 변화가 나타났다.

조용한 동물들이, 굴과 보금자리에서 나와, 밝은
매인 데 없는 숲에서 모여들었다.
그리고 그들이 그다지도 조용한 것은 책략
때문이 아니고 두려움 때문도 아니며,

다만 듣고 있기 때문이었다. 울부짖음, 포효, 날카로운 소리는
그들의 가슴속에 별로 없는 듯했다. 그리고
음악을 듣기 위한 임시 오두막에 불과한 게 있던 자리에,

그들의 알기 어려운 열망에서부터 은신처가 하나 세워졌다.
당신이 그들의 경청 깊숙이 신전을 하나 세웠다.


　시를 감상하기 전에 '번역' 또한 인간의 삶을 두텁게 하는 작
업이라는 말을 덧붙이고 싶다. 다 알 만한 얘기는 생략하고, 그게
변용이나 둔갑이라고 부르는 변신술이라는 점에서도 그렇고 또
옥타비오 파스 로사노Octavio Paz Lozano가 말하듯이 번역은 말하자
면 나그네를 환대hospitality하는 것이기도 하기 때문이다.

　　　　　　　　　　　　　두터운 삶을 향하여

어떻든 위의 시에서 우리는 음악의 힘을 다시 한 번 확인할 수 있지만, 시인은 물론 그런 얘기를 상투적으로 하는 게 아니라 오르페우스의 노래를 듣는 귓속에 "높은 나무"를 한 그루 심어놓으며, 그 "경청 깊숙이" 신전을 하나 세워놓는다!

그런데 듣는 귓속에 심긴 나무는 솟아오르고 있는 나무이며 (우리의 상상력의 생성적인 성질 때문에 모든 나무들은 계속 상승하고 있다고 나는 다른 글에서 쓴 적이 있다) 시인은 그걸 '순수한 상승'이라고 칭송한다.

나무는 그냥 서 있는 게 아니라 "솟아오르고" 있으며 그러한 나무를 눈으로 다만 보는 게 아니라, 인신(人神)이기도 한 가인(歌人)의 노래에 귀를 기울이는 모든 귀에 일어나는 사건일 것이라고 기대되듯이, 귓속에 높은 나무가 한 그루 심겨져, 그 사람 또한 상승 속에 있게 되는 것이다.

그런데, 또한 중요한 것은, 음악을 듣고 있는 나무를 시인이 "듣고" 있으며, 모든 게 입을 다문 그 침묵 속에서 싹트는 새로운 시작과 부름과 변화를 시인이 "듣고" 있고, "다만 듣고 있"는 동물들을 "듣고" 있다는 사실이다. 그리고 그 경청은 실은 경청 스스로 신전을 하나 세우는 일이기도 하다.

얼마나 두터운 세계인가!

말로써 말이 많은 얄팍한 시가 있는가 하면, 말은 말이되 깊이 경청하고 있는 듯한 시가 있는데, 릴케의 시는 말을 한다기보다 깊이 듣고 있다는 느낌을 나는 항상 받는다. 그는 말 없는 사물을 잘 들으며 만물과 만상의 움직임과 변화와 운명의 내밀(內密)을 잘 듣는다. 그리고 잘 듣는다는 것은 영혼의 깊이와 넓이를 기약하는 대단히 중요한 능력이며 따라서 삶과 세계를 두텁게 하는 능력이다.

앞에서 적은 괴테의 『빌헬름 마이스터의 수업시대』에는 사업가인 친구 베르너에게 빌헬름이 시인에 대해서 말하는 대목이 있다.

하늘로부터 더할 나위 없이 귀중한 내면적 천분을 부여받아 끊임없이 스스로 불어나는 보물을 가슴속에 간직하고 있는 시인은 부자가 자기 주변에 수많은 재화를 쌓아놓고 갖은 애를 써도 얻을 수 없는 안온한 행복감 속에서 외적으로도 아무런 방해를 받지 않고 자신의 보물들과 더불어 살아가야 해. 행복과 환락을 향해 치닫고 있는 세상 사람들을 보라구! 그들의 소망, 노력, 돈은 쉴 새 없이 무엇인가를 뒤쫓고 있지. 그런데 무엇을 뒤쫓고 있지? 그것은 시인이 이미 자연으로부터 얻은 것이지. 즉, 이 세상을 즐기는 일, 다른 사람 속에서 자기 자신을 공감하는 일, 그리고 종종 화합이 안 되는 많은 사물들과 조화를 이루며 함께 살아가는 일이지!

(1권, p. 126)

시에 대한 논의가 도식적인 사고나 고정관념을 벗어나지 못하

두터운 삶을 향하여

고 있다든지 두뇌/사변/이론적 접근에 치우쳐 있다든지 하는 게 대학 교육이 갖고 있는 부정적인 영향 때문이 아닌가 싶은데, 어렵게 얘기할 것 없이 시란('시인'을 '시'로 고쳐 읽어보면) "이 세상을 즐기는 일, 다른 사람 속에서 자기 자신을 공감하는 일, 그리고 종종 화합이 안 되는 많은 사물들과 조화를 이루며 함께 살아가는 일"을 위한 것이라고 말할 수 있다. 시대에 따라 시의 말하는 방식이 달라지기도 하겠으나 큰 정신의 범상해 보이는 말이 실은 언제 읽어도 그럼직한 내용을 담고 있음을 알아보아야 할 것이다. 조금 더 읽어보자.

무엇이 사람들을 불안하게 할까? 그것은 바로 그들이 자신의 개념들을 사물들 자체와 일치시킬 수 없기 때문이고, 향락이 그들의 손아귀에서 슬쩍 빠져 달아나버리기 때문이며, 소망했던 것이 너무 늦게 오기 때문이며, 달성하고 성취한 모든 것도 인간의 욕망이 애초에 기대했던 만큼 그렇게 가슴을 시원하게 해주지는 못하기 때문이지. 운명은 마치 어느 신에게 그러듯이 시인에게도 모든 것을 초월하는 지위를 부여했어. 시인은 온갖 열정들의 혼돈을 내려다볼 수 있고 가정과 국가가 지향 없이 움직이고 있는 양상을 통찰할 수 있으며, 종종 단 한마디면 풀 수 있는 그러한 오해들의 얽히고설킨 수수께끼들이 이루 말할 수 없이 무서운 혼란을 불러일으키는 꼴을 훤히 내려다볼 수 있거든. 그는 모든 인간 운명의 슬픈 면과 기쁜 면을 공감할 수 있어. [……] 시인의 마음의 밑바닥에는 지혜라는 아름다운 꽃이 뿌리를 내리고 있다가 자라 올라오는 거야. 그리하여 다른 사람들이 뜬눈으로 꿈꾸고 그들의 모든 감각으로부터 나오는 기괴한 환상들 때문에 불안해할 때, 시인은 깨어 있는 자로서 삶의 꿈을 체험하고, 아무리 진기한 일이 일어나도 시인에게는 과거사로 보일 수 있고, 또한 동시에 미래의 일로도 보일 수 있는 것이지. 이렇게 시인은 스승이자 예언자인 동시에 여러 신들과 인간들의 친구이기도 하지.

(1권, pp. 126~27)

오늘날 우리는 종교적 광신이나 정치적 몽매 또는 인종적 편견에 의해서 자행되는 암담한 파괴와 불행을 뉴스로 들으며 살고 있는데, 그러한 광신, 몽매, 편견은 '확고하게' 길들여지고 학습된 상태의 노예, 다시 말해 '과거'의 노예를 보여주는 것과 같으며(저 '과거'의 노예 상태를 어찌할꼬!) 그것은 상상력의 불모 상태를 나타낸다고 할 수 있다. 상상력은 항상 새로움을 싹트게 하는 토양이며, 한없이 열려 있기 때문에 '막연한' 상태에 있기도 하고, 세계의 수많은 뉘앙스들 때문에 약간 흥분해 있기도 한 그러한 움직임이기 때문이다.

문학 작품이, 한마디로 말해(!), 옛날부터 전해오는 쓸쓸한 이야기라고 하더라도…… 그리고 오늘도 옛날이고 내일도 옛날이라고 하더라도……

두터운 삶을 향하여

# '잘 듣기'에 대하여

## 시와 평화

### 1

평화를 위하여 시는 우리에게 '잘 듣기listen well'를 권한다. 잘 듣는다는 것은 누구에게나 쉬운 일이 아닌데, 그러나 평화를 위해서는 그 어려운 일을 해내야 하고 그 일에 (어느 정도) 익숙해지지 않으면 안 된다.

헤라클레이토스Heracleitos는 한 단상에서 "올바른 생각이란 잘 듣고 하나의 행동 방향을 선택하는 것이다Sound thinking is to listen well and choose one course of action"라고 했는데, 이 말의 핵심은 물론 잘 듣는다는 데 있다. 바꾸어 말하면 잘 들어야 올바로 생각할 수 있고 올바로 생각해야 바른 행동을 할 수 있다는 얘기다.

개인에서부터 수많은 이익/이념 집단들을 거쳐 국가 권력에 이르기까지 올바로 생각하고 나서 행동하지 않아 평화가 깨지고 비참한 일이 일어나는 것이니, 올바로 생각하고 행동하게 하는 중요한 출발점인 그 경청— 잘 듣기—는 의외로 중요한 마음의 움직임임을 알 수 있다.


**2**

잘 듣는다는 것은 정치적인 함의에서부터 예술 창조 과정 그리고 어떤 깨달음에 이르기까지 두루 미치지 않는 데가 없는 태도인데, 우선 정치적/사회적인 맥락에서 보자면 잘 듣기는 나와 남(이 한 쌍의 말은 예컨대 집단, 민족, 국가 따위의 모든 단위/종류의 이해 당사자들을 대표한다)이 더불어 살아가면서 서로가 피해를 최소화하는 능력이다. 일방주의는 결국 양쪽 모두에게 피해를 입히며 사태를 그르친다. 평화가 깨지는 것이다.

잘 듣는다는 것은 마음이 살아 있다는 것이며, 살아 있는 마음이 민감하게, 마음을 다해 움직인다는 것이다. 그러니까 반대로 잘 듣지 못한다는 것은 마음이 무뎌져 있다는 것, 죽어 있다는 걸 뜻하며 따라서 그 사람은 산송장이라는 말이다.

한 사회의 공공영역이나 전 지구적 차원의 공공영역에서 개인이나 집단, 혹은 국가 들이 다른 사람/집단/국가에 '지나치게' 피해를 줄 때, 그건 말할 것도 없이 무딘 마음 때문에 그렇게 되는 것일 터인데, 옳고 그른 것에 대한 느낌과 판단의 마비의 정도가 점점 더 심해져가고 있다는 느낌을 나는 지울 수 없다. 예를 들자면 한이 없겠으나 가령 내가 일하고 있는 캠퍼스에는 수

많은 오토바이들이 질주한다. 학생들이 타고 질주하고 학생들이 밥을 시켜 먹느라고 오토바이들이 음식점 깃발을 달고 질주하며 또 교직원들도 타고 다닌다. 걸어서 10, 15분이면 어디나 갈 수 있는 거리다. 자동차 매연의 2백 몇십 배 되는 독성을 내뿜는다는 오토바이 매연은 숨을 쉴 수 없게 하고, 그 소음은 귀가 찢어지게 커서 여간 고통스러운 게 아니다. 학생들에게 스스로 오토바이 안 타기 운동과 밥 시켜 먹지 않기 운동을 좀 펼치자고 호소하고 종용하지만 효과가 있는지 알 수 없다. 자기네 귀에는 그 소음이 들리지 않고 그 냄새가 맡아지지 않고 남에게 참을 수 없는 피해를 준다는 느낌이 없기 때문에 타고 질주할 것이다. 자기의 편익만을 위해 행동할 때 그 행동은 폭력적일 수밖에 없는데, 이것은 집단이나 국가 들 사이에서도 물론 마찬가지다. 그리고 폭력은 폭력을 부르며 폭력의 악순환은 계속된다.

인류의 역사에서 전쟁과 폭력은 끊이지 않았지만, 그 살상과 파괴의 비참함을 보면서 인류가 저지르는 어리석음과 비극을 스스로 선명하고 힘 있게 표현하는 문화적인 노력 또한 끊이지 않았다. 예를 들어 미국의 이라크 침공을 전후해서 런던, 로마, 샌프란시스코, 워싱턴 등지에서 일어난 대규모 반전시위—침묵하던 다수의 외침을 전쟁을 수행하는 이른바 국가 지도자들이 '잘 들었는지' 알 수 없지만—와 같은 빛나는 민심(民心)의 집단적인 표현이라든지 간디나 톨스토이, 러셀 같은 두드러진 개인들의 말과 글과 행동 그리고 문학, 영화, 음악, 미술 등의 예술 작품과 공연 및 충격적인 보도사진 등이 있다. 그리고 항상 그렇지만, 예술은 느리고 간접적이지만 좀더 근본적이고 항구적으로 인성(人性)에 작용해서 평화를 비롯한 인류의 선의와 그 꿈에 눈을 뜨도록 미의지에 힘을 모아왔다고 할 수 있으며 시 역시 마찬가지다.

**3**

시의 목소리는, 폭탄 터지는 소리와 상품 광고와 자동화된 기계들의 소리 따위에 묻혀 잘 들리지 않지만, 그래도 오늘 우리가 이 자리에서 얘기하는 평화를 위해서는, 그것이 우리의 열망인 한, 일정한 역할을 할 수 있다고 생각한다. 민족, 자본, 자원, 종교 따위를 위해 점점 더 호전적/배타적/광신적으로 변해가는 현대 세계에서 시(예술)는 그러한 것들과 대조되는 가치와 태도를 보여줄 수 있기 때문이다. '시'라는 말은 실은 호전/배타/광신의 반대말이다. 진정한 의미에서 시는 '나'가 타자와 전체에게로 확대되고 나와 나 아닌 것, 이것과 저것을 연결하는 에로스의 세계이기 때문이다. 가령 네루다의 시에서 보듯이 다른 것들과 한 몸이기를 바라 마지않는 크나큰 동화(同化)의 세계.

또 시는 앞에서도 말했지만, 우리의 무뎌진 마음에 생기를 불어넣고 타성적이고 자동화된 의식에 충격을 주어 사물에 대한 느낌을 예민하게 하고 세계의 새로움에 놀라게 하면서 감정의 진정성과 인식의 경이를 경험하게 한다.

아시다시피 시인을 견자(見者, voyant)라고 한 시인이 있지만, 뿐만 아니라 시인은 또한 '듣는 사람'이기도 하다. 마음 안팎의 소리를 잘 듣지 못하면 시를 쓰기 어렵기 때문이다. 나무 한 그루를 볼 때도 시인은 그걸 볼 뿐만 아니라 또한 들어야 한다. 슬픔과 비참의 현장은 말할 것도 없지만 만사와 만물을 보면서 동시에 들어야 그 실상에 다가갈 수 있다.

위에 쓴 얘기들의 예증이 되는 작품은 많겠으나 나는 여기서 페루의 시인 세사르 바예호César Vallejo의 작품을 읽어볼까 한다. 「나는 희망에 관해 말하려고 한다I am Going to Talk about Hope」의 전반부다.


나는 세사르 바예호로서 이 고통을 느끼지 않는다. 나는 이제 창조하는 인간으로서 괴로워하지 않으며, 한 인간으로서도, 심지어 살아 있는 존재로서 괴로워하는 것도 아니다. 나는 천주교 신자나 회교도로서 또는 무신론자로서 이 고통을 느끼지 않는다. 오늘 나는 그냥 아프다. 내 이름이 세사르 바예호가 아니더라도 나는 여전히 그걸 느낄 것이다. 내가 예술가가 아니어도 역시 그걸 느낄 것이다. 한 인간이 아니더라도, 심지어 살아 있는 존재가 아니더라도, 무신론자가 아니고 회교도가 아니더라도 나는 여전히 그걸 느낄 것이다. 오늘 나는 저 깊은 데서부터 아프다. 오늘 나는 그냥 아프다.

내 아픔은 설명할 길이 없다. 내 아픔은 너무 깊어서 원인이 있은 적이 없고, 원인이 있을 필요도 없다. 그 원인이 무엇일 수 있었을까? 그다지도 중대한 나머지 그 원인이기를 그친 그런 것이 어디 있을까? 그 원인은 무(無)이며, 무도 그 원인이 아닐 수 있다. 왜 이 아픔은 순전히 그 스스로 태어난 것일까? 내 고통은 북풍에서 오고 남풍에서도 온다. 어떤 희귀조(稀貴鳥)가 바람을 배서 낳는 저 자웅 동체의 알들처럼. 내 신부가 죽었다고 해도 내 고통은 여전하리라. 말을 바꿔서, 인생이 달랐다고 하더라도 내 고통은 똑같을 것이다. 오늘 나는 저 높은 데서부터 아프다. 오늘 나는 그냥 아프다.

이 작품에 군말을 덧붙이고 싶지 않지만 이를 읽으면서는 그 동기가 수상한 아픔들이 순식간에 퇴색하는 걸 보며, 그 앓이 처절하리만치 철저하고 그 진정성이 유례없이 가차 없는 것이어서 그 어떤 수식어도 허용하지 않는 고통을 만난다(더구나 오늘날과 같이 전쟁과 테러의 위협 아래 있는 세계에서 그 아픔의 울림은 더욱 크다고 할 수 있다).

끝으로 릴케의 시 한 구절과 아메리카 인디언 시인인 해롤드 리틀버드Harold Littlebird의 시 한 구절을 읽으면서 내 이야기를 마치려고 한다.

우리가 이길 때 그건 작은 일들로 그러한 것이며
그리고 승리 바로 그것이 우리를 작게 만든다.
When we win its with small things,

and triumph itself make us small.

— 릴케

시간을 잴 시계는 없다.

우리 노래하는 가슴의 고동 외에는.

There are no clocks to measure time

but the beating of our singing heart.

— 해롤드 리틀버드

**II**

# 한 자유인(自由人)과의 만남

중·고등학교 시절이나 대학 시절에는 헌책방을 돌아다니는 데 중독이 되다시피 해서, 책을 읽는 시간보다 책방 돌아다니는 시간이 더 많지 않았나 싶은데, 그 뒤로도 옛날 같지는 않지만 책 방 드나드는 버릇은 여전해서, 가령 외국에 갈 기회가 있어서 가 면 그곳 책방들을 섭렵하는 것이 제일 중요한 일이 되곤 했다. 그 런데 버릇도 버릇이겠지만, 가령 미국 같은 나라에는 여기서 구 경할 수 없는 책들 — 특히 그 사람들이 번역해놓은 세계 여러 나라의 시집들 — 이 있다는 걸 알기 때문에 대학 구내 서점이나 시중에 있는 책방을 들르게 된다. 크리슈나무르티Krishnamurti도 그 나라 책방에서 우연히 발견한 사람이다.

1974년 가을부터 나는 아이오와대학의 국제창작 프로그램

(IWP)에 참여하면서 여섯 달을 보냈는데, 그때도 물론 대학촌이라고 해도 좋은 지방 소도시 아이오와 시에 있는 책방들을 들르곤 했고, 그러던 어느 날 크리슈나무르티라는 사람의 『아는 것으로부터의 자유*Freedom from the Known*』라는 책을 서가에서 꺼내 보게 되었다. 우선 목차의 내용이 마음을 사로잡았다. 우리가 살면서 항상 부딪히는 실존적·사회적 문제들이 망라되어 있었기 때문이다.

나는 이 책을 사면서 그의 다른 책도 한두 권 더 샀다. 그리고 내가 묵고 있던 아파트로 돌아와 읽기 시작했는데, 처음부터 이 저자가 보여주는 사물에 대한 접근 방법이 아주 매혹적이었다. 가령 앞부분에서 저자가 그려 보이는 인간의 초상만 해도 그렇다.

여러 세기 동안 우리는 선생들에 의해, 권위자들에 의해, 책과 성인들에 의해 숟갈로 떠먹여지듯 양육되었다. 우리는 말한다. "그 모든 것에 대해서 말해주세요―저 언덕들과 산 너머, 그리고 지구의 저쪽에 무엇이 있는지……" 그러고는 그들의 설명을 듣고 우리는 만족하는데, 이것은 우리가 말에 의지해서 살며 우리의 삶이 경박하고 공허하다는 것을 뜻한다. 우리는 얻어들은 것으로 사는 헌 사람들이다. 우리는 우리가 들은 바에 따라 살았고, 우리의 의도나 성정(性情)에 의해 이끌려왔으며 여러 조건과 환경에 의해 받아들여지도록 강요되어왔다. 우리는 온갖 영향의 결과이며, 우리 속에는 아무것도 새로운 게 없고, 우리 자신을 위해서 발견한 게 아무

한 자유인(自由人)과의 만남

것도 없다. 독창적이고 원래대로며 명징한 게 아무것도 없다.

그리하여 그는 '불안하고 죄 많고 무서우며 경쟁적인 실존'을 넘어서 참으로 무엇이 있는지 알아내기 위해서는 바깥에서부터 접근하는 것인 전통적 방법이 아니라 전혀 새로운 방법——안(중심)에서부터 폭발하는 방법을 역설한다.

다른 사람의 이야기를, 그것도 특히 살아 있는 말을, 어떤 사람이 다른 말로 요약하거나 설명하는 것은 아주 위험한 일이다. 그런 짓은 필경 또 하나의 왜곡에 불과하기가 십상이기 때문이다. 다시 말해서 산 말일수록 그 말을 하는 사람의 어법이나 어투, 숨결 속에 들어 있으면서 그때그때 폭발하고 팽창하는 뜻의 긴장된 역동성과 울림을 맛보고 간파해야 하는 법이다.

그렇다고는 하더라도 그가 간절히 바라는 바를 끄집어낼 수 없는 건 아닌데, 다름 아니라 우리가 변화하지 않으면 안 된다는 것, 그리고, 위의 얘기를 달리 말하는 것이겠지만, 인간과 이 세계가 고통에서 벗어나려면 자유로운 마음에 이르러야 한다는 것이다. 다시 말해서 유사 이래 끊임없이 요청돼온 변화된 인간, 새로운 인간, 자유인, 진인(眞人) 또는 해탈을 위한 혁명적인 전략의 제시다.

예를 들어 공포를 없애는 처방을 보자. 우리는 흔히 공포에서부터 벗어나기 위해 그것을 억누르려 하거나 거기서 도피하려고 한다. 다시 말해서 나를 무섭게 하는 것에서부터 도망치거나 무섭다는 느낌과 생각을 애써 덮어두려고 한다. 그러나 그래서는 공포에서 벗어나지 못한다. 즉 내가 공포라고 부르는 것과 분리 돼 있는 한 나는 그 공포에서 벗어나지 못한다. 그럼 어떻게 해야 하나? 마음을 맑게 가라앉히고 보면 내가 공포라고 부르는 것과 내가 다른 게 아니고 같다. 즉 나와 나를 무섭게 하는 것은 둘이 아니라 하나다. 즉 내가 공포다.

그러나 "나는 무섭다"고 말하는 관찰자는 공포인 관찰물과 사실 상 무엇이 다른가? 관찰자가 공포이며 그리고 이것이 깨달아질 때, 공포를 제거하기 위해 노력하는 데 있어서 더 이상의 낭비가 없고, 또 관찰자와 관찰물 사이의 시공의 간격이 사라진다. 당신이 공포 와 동떨어져 있는 게 아니라 그것의 일부임을 알 때—즉 당신이 공포임을 알 때—당신은 그것에 관해서 아무것도 할 수 없다. 그 리하여 공포는 완전히 사라지게 된다.

위의 얘기는 속수무책이라든지 무책이 상책이라든지 하는 말 을 떠올리게 하는 나머지 실소를 자아내게 하는 바 없지 않고, 또 그러한 생각은 인도 철학의 뿌리 깊은 불이(不二) 사상을 그 원천 으로 갖고 있는 것이겠지만, 인간의 정신이 사물에 대해 심각하 게 생각하기 시작한 이래(즉, 철학하기 시작한 이래) 줄곧 숙제로 남겨진 '있는 그대로' 보기의 문제와 같다.

있는 그대로 본다는 것은 인식론적으로나 도덕적으로나 거의

한 자유인(自由人)과의 만남

불가능한 일로 보인다. 보는 쪽과 보이는 쪽이 있는 한, 다시 말해서 나와 나 아닌 것이 떨어져 있는 한 '있는 그대로'라는 건 있을 수 없다고 해도 지나치지 않다. 그렇다면 왜 그런 있을 수 없는 일을 인간은 철학과 종교를 통해 계속해서 생각해온 것일까? 왜 분열·간격·차별 대신에 합일·평등·통일을 실현하려고 애써왔을까? 그건 말할 것도 없이 앞에 언급한 상태가 우리의 싸움과 폭력과 고통의 원천이기 때문이다.

그런데 그러한 꿈은 좀체 이루기 어려운 꿈이다. 우리가 너무 많이 보아와서 알지만, 싸움을 해소하자는 노력이 또 다른 싸움을 낳고 폭력에 대한 저항이 폭력을 낳으며 즐겁자고 하는 짓이 또 괴로움을 낳기 때문이다. 말하자면 싸움과 폭력과 고통의 고리는 영원히 끊어지지 않는 생명의 숙명이기 때문이다. 그러나 배고프면 밥을 먹고 추우면 옷을 입듯이 인간이라는 동물은 괴로운 상태에서 벗어나 즐겁고 안락한 상태로 되고 싶은 욕망을 본능적으로 갖고 있다. 그래서 끊임없이 우리의 삶이 좀더 살 만한 것이기 위해서 궁리하고 노력을 해보는 것이다. '있는 그대로 보기'는 그러한 노력의 하나이며, 아마 제일 그럴듯한 처방이면서 또한 제일 실현하기 어려운 권유가 아닌가 한다.

다른 얘기 할 것 없이 내가 나를 있는 그대로 볼 수 있는가? 그건 참으로 어려운 일이며, 우리가 각자 자기를 있는 그대로 볼 수 있었다면 세상은 지금보다 좀더 살기 좋은 곳이 되었을 것이다. 더구나 '있는 그대로 보기'가 어려운 것은 그게 단지 생각 속에서 일어나는 일을 얘기하는 게 아니라 행동이어야 하기 때문이다. 본 대로 살아야 하기 때문이다. 앎과 함이 하나이어야 하기 때문이다. 그리고 그것은 보통 사람으로서는 하기 어려운 노릇이 아닐 수 없다.

그렇다고는 하더라도, 앎과 함이 항상 일치하지 않았던 것만은 아니다. 우리가 남다른 비관주의자나 염세가가 아니라면 그동안 인간이 그래도 제법 해서는 안 될 일들을 안 했기 때문에 세상이 또 괴로운 대로 이만큼 굴러오지 않았을까 한다. 선의를 가진 사람이나 집단 들이 세상에 있기 때문이다.

다만 세상이 움직여가는 꼴이나 우리의 살림살이가 점점 더 난폭해지고 탐욕스러워지는 나머지 그 병의 정도가 생명 전체를 위협하기에 이르렀으니 경고와 성찰의 소리가 나오게 마련이고, 구체적인 대안들 못지않게 마음의 변화 또한 항상 요청되는 것이라기보다는 마음의 변화가 먼저 있지 않고는 현실적인 변화를 기대할 수 없다는 점에서 철학적·종교적 성찰은 요청된다. 그리고 요새 명상에 대한 관심이 늘어가는 것도 우리의 현실과 맞물린 현상이 아닐까 한다.

어떻든 위에서 크리슈나무르티의 생각에 기대서 이야기를 해보았지만, 그가 새사람 새 세상을 위해서 결국 강조하는 미덕은 겸손과 사랑과 명상(또는 침묵)이다. 사실 이러한 미덕은 특별히 종교적인 에너지라고 할 수 있지만, 그렇다고 해서 그런 에너지를 갖기 위해 우리가 무슨 종교를 가져야 한다는 얘기는 아니다.

한 자유인(自由人)과의 만남

크리슈나무르티는 참된 것을 위해 참되지 않은 것을 주의 깊게 가지 치는 열정적인 자유인답게 조직적인 종교들을 싫어한다. 그가 다만 얘기하는 것은 '가장 높은 형태의 정열인 완전한 부정(不定)'—— 추악하고 잔인한 삶에 대한 전적인 부정만이 그것과 다른 어떤 것을 존재하게 한다는 것이다. 그리고 그러한 부정을 가능하게 하는 것이 겸손과 침묵(명상)이다.

그러나 전부 아니면 무라고 하는 이런 태도는 악습에 길들여져 있는 우리 같은 보통 사람들한테는 참으로 어려운 일이고, 또 성자의 일은 성자에게, 그리고 문학의 일은 글쟁이에게, 라는 말을 나로서는 하고 싶기도 하지만, 나 같은 글쟁이한테도, 좋은 글을 쓰기 위해서는 겸손이라든지 명상이라는 마음의 상태는 더없이 요긴한 것이라는 것을 누가 모르겠는가. 더구나 그것이 지극히 살아 있는 마음의 지표임에야……

어떻든, 그동안 너무 많이 얘기돼서 별로 되풀이하고 싶지 않은 크리슈나무르티의 말들은, 우리가 그 말대로 살기 어렵다는 점에서도, 현대의 독특한 경전에 값할는지 모른다. 그리고 어떤 종교의 공식적인 경전이 아닌, 그리고 그걸 가지고 무슨 종교가 만들어지지 않는 그런 경전이 이 세상에 여러 권 있어서 나쁠 게 없을 것이다.

(1992)

# 애틋한 마음

　매주 주말에 청계산에 간다. 얼마 전에는 거기 갔다가 수통을 놔두고 왔다. 다 내려와서 남은 물을 마시려고 가방을 열었다가 놓고 온 것을 알았다. 아이코, 난감하기 짝이 없어서 다시 올라갈까 생각하기도 했는데 자신이 없었다. 올라갔다가 내려온 산을 즉시 다시 올라가는 건 거의 없는 일이며 생각만 해도 힘이 좍 빠지는 일이다.

　그런데도 잠시 앉아서 다시 올라갈까 생각하게 된 것은 그 수통이 거의 30년쯤 가지고 다닌 것이고 형태와 기능이 마음에 들어 아끼는 것인 나머지, 그걸 잃어버렸다 생각하니 애틋한 마음이 솟아올랐기 때문이다.

　그러나 내가 있었던 곳은 사람이 별로 지나다니지 않는 길이니 내일 아침 일찍 가면 찾을 수 있으리라는 생각, 만일 누가 가져갔으면 새것을 하나 사는 수밖에 없지 않겠느냐, 요새 나오는 수통은 재료나 기능이 더 좋지 않을까…… 생각을 하며 앉아 있다가 내려왔다.

이튿날 나는 그 자리에 다시 갔고 수통은 거기 그대로 놓여 있었다.

애틋함을 불러일으키는 대상은 말할 것도 없이 사람과 사람의 일들, 그 일들이 일어난 장소와 시간, 물건들이 망라될 수 있을 터인데, 그러한 것들을 둘러싸고 우리의 마음, 기억, 감정, 감각들이 혼융되어 만들어진 증류액 같은 것이 애틋함이 아닐까 생각해본다. 어떻든 애틋함은 귀중한 것에 대한 귀중한 감정일 것이다. 그것은 물질과 정신을 두루 관통하는 움직임이다. 가령, 휴머니즘이나 휴머니티 같은 거창한 말과 활동의 씨앗은 애틋함이라는 감정이라고 해도 좋지 않을까 싶고, 예컨대 정의라는 말에 육체를 부여하는 것도 일이 온당하게 되어가지 않을 때 느끼는 잃어버린 온당함에 대한 애틋함이 아닐까 싶기도 하다.

그동안 인간이 강조하고 예찬해온 미덕들이 다 그렇지만, 특히 크고 작은 공공사업에서 온당하다고 생각되는 판단과 처신을 하는 사람을 보면 반가울 뿐만 아니라 애틋한 친밀감도 느끼게 되는데 그 까닭은 그러한 태도가 마땅한 것인데도 불구하고 만나기 쉽지 않기 때문일 것이다. 여린 마음, 선량한 마음 역시 애틋한 감정을 불러일으키며, 그런 마음을 알아보고 감동하는 마음 역시 마찬가지다.

작은 것이 아름답다는 말은 다 아는 말인데, 예를 들어 길이나 집도 작은 것은 애틋한 아름다움을 지니고 있다. 모든 오솔길은 그것 자체가 이미 애틋함의 표상인데, 그것은 고독, 내면, 고요함 쪽으로 가는 길이기 때문이며, 요새 벌써 한없는 이복(耳福)을 누리게 하는 소리들의 원천인 귀뚜라미며 베짱이 등 작은 생명들과 함께 가는 길이기 때문이다. 오솔길은 그리하여 꿈꾸는 공간이다. 그 길을 걸어가는 사람이 몽상에 잠길 뿐만 아니라, 그걸 바라보기만 해도 오솔길은 벌써 한없는 몽상을 촉발하기 때문이다. 오솔길은 그것 자체가 몽상의 육화라고 할 수 있다.

작은 집 또한 오솔길과 같은 성질을 갖고 있다. 바라보기만 해도 그것은 애틋한 느낌에 잠기게 하는데, 만일 건축 자재나 형태에서 나무랄 데 없고 또 오래된 것이며 그래서 그게 서 있는 공간에서 생활하고 있는 구성원들의 추억과 역사가 스며 있던 집이었다가 어느 날 없어진다면 그 애틋함은 참으로 크지 않을 수 없을 것이다. 나는 그러한 경우를 겪은 적이 있는데, 내가 학교에 있었던 2003년 겨울, 학교에서 제일 작은 석조건물이며 60년쯤 된, 그 앞에는 역시 작은 잔디밭 뜰에 밤나무며 홍단풍나무들이 있었던 그 아늑한 건물을 헐어버리고 큰 건물을 짓겠다고 해서 뜻을 같이하는 교수들과 함께 학교 당국과 싸웠던 것. 그때 학교 당국과 교수들에게 보낸 두 편의 짧은 글이 있는데 그중 한 대목을 적어볼까 한다.

애틋한 마음

학교의 옛 건물과 주변 공간은 한 학교에 그 고유한 가치와 위엄을 부여하는 기억의 감각적 실체로서, 그것들은 그 학교의 뿌리이며 따라서 생명입니다. 학교의 옛 건물들은 그 고풍스러움을 통해 시간의 깊이와 학교살이의 연속성을 느끼게 함으로써 마음의 고향이 되며, 우리의 청년 시절을 전설로 만듭니다. 그러니까 옛 건물들은 그냥 서 있는 게 아니라 이 가난한 인생과 시간 들을 신화로 만들면서 숨 쉬고 있는 것입니다. 우리는 그 옛 건물을 바라보고 그 앞으로 오가며 그걸 느낍니다.

그 건물은 문과대학 바로 옆에 있어서 2층 내 방 창으로 20여 년 동안 바라보고, 숲을 산책하기 위해 그 옆으로 수없이 지나다닌 공간이니 아마 남다른 감회를 가졌던 듯한데, 실은 그걸 없앤다고 했을 때(그건 지금 없어졌다) 내가 분노와 함께 강한 애틋한 감정에 휩싸였던 것은, 한 프랑스 철학자가 정확하게 짚어준 대로 내가 거기서 '몽상적으로 거주하고' 있었기 때문이며, '몽상적인 거주'는 실제로 거주하는 것보다 더 뿌리 깊은 삶이기 때문이었을 것이다!

어떻든 애틋함이라는 감정에는 그것이 그리움이든 추억이든 슬픔이든 또는 정다움이든 대상을 향해서 움직이는 간곡한 마음이 깃들어 있다고 할 수 있는데, 그러한 마음은 시를 비롯한 예술 창조의 중요하고도 자연스러운 조건이기도 할 것이다. 더군다나 애틋함이야말로 무상(無償)의 감정이라 할 때, 그것은 시의 이상과 일치하는 움직임이라고 할 수 있다.

 '아름답게 있는 것보다 거대하게 있는 것이 더 쉬운 법'(니체)이라는 말은 인류 사회의 모든 분야에 적용될 수 있는 말이지만, 특히 시인(예술가)이 아름답게 있기보다 거대하게 있으려 한다면, 그리고 그러기 위해서 거대한 것에 기대며 이로써 자기가 거대하다고 느껴 가령 기고만장한다면 그는 이미 시인이 아니며 앞으로도 결코 시인이 될 수 없을 것이다.

(2009)

애틋한 마음

# 소음과 고요한 마음

이 글은 2009년 대산문화재단 주최 〈현대사회와 문학의 운명── 동아시아와 외부세계〉 포럼에서 발표한 것이다.

## 1

지구의 여러 곳에서 지진, 홍수, 폭풍, 화산 폭발 등 자연 재난이 빈번히 일어나는 것을 보면서 우리는, 인간이 지구 위에 사는 생물의 한 종이며 또한 한 나라의 국민이기 전에 자연의 일원이요 지구인이라는 느낌에 잠긴다. 그러면서 동시에 가슴을 파고드는 생각은 인간이 국가니 민족이니 종교 따위들 때문에 스스로 재난을 만들지는 말아야 할 텐데……라는 것이다. 인간이 역사가 시작된 이래 스스로 끊임없이 만들어온 재난 중에 제일 어리석은 게 전쟁이다. 유사 이래 모든 침략 전쟁은 참으로 터무니없는 살상, 파괴, 약탈을 일삼았는데, 그 동기는 제국주의라는 난센스였으며, 이 난센스는 지금도 어떤 국가들과 그 정치 지도자들 속에서 배타적인 의미를 지니는 도착(倒錯) 증세로 온존하고

68

있다. 그리고 이와 연관된 또 다른 도착은 그렇게 살상, 파괴, 약탈을 일삼은 인간들을 영웅시하는 성향이 인간의 마음속에 들어 있다는 것일 게다. 이것은 필경 '힘'을 숭배하는 인간의 본성과 맞물려 있는 현상이겠으나, 힘에도 아름답다고 할 수 있는 힘— 창조적인 힘이 있고, 추악하고 파괴적인 힘이 있다는 걸 우리는 알고 있으며, 문학은 후자를 끝까지 추문(醜聞)으로 만드는 작업이다.

물론 옳지 않게 행사되는 힘 때문에 생기는 불행과 비극이 국가와 국가 사이에만 있는 것은 아니다. 한 나라 안에서도 광신적 이념이나 억압적 정치권력이 부당하게 행사하는 힘 때문에 국민이 고난을 당하고 있는 경우도 있는데, 이것도 물론 사람이 스스로 만드는 재난이다.

그러니까 지구 곳곳에서 일어나는 자연 재난을 보면서, 자연의 괴력 앞에서 완전히 무력한 인류가 힘을 합해 자연재해에 대처하고, 가령 생태계 문제나 에너지 문제 등을 해결해나가기도 참으로 어려운데, 어떤 부류의 인간, 집단, 국가가 스스로 재앙의 원천이 되지는 말아야 하지 않겠느냐 하는 소박한 바람이 있다는 얘기다. 그리고 이러한 바람을 구성원들이 기회 있을 때마다 더불어 이야기함으로써 인간 스스로 만드는 자멸적 재앙들을 조금이라도 줄일 수 있으면 좋겠다는 생각을 해본다. 아시아뿐만 아니라 세계 여러 나라의 사람들이 읽어온 『노자(老子)』의 "세상의 어려운 일은 반드시 쉬운 일에서부터 비롯되고 세상의 큰

소음과 고요한 마음

일은 반드시 사소한 일에서부터 시작된다(天下之難作於易, 天下之大作於細)"(제63장)는 말은 항상 옳은 말이기 때문이다. 또 아시아 여러 나라가 공유하는 정신적 토양인 불교의 대각(大覺) 파드마삼바바(Padmasambhava, 蓮花尊者)의 "나는 모든 생물을 이롭게 하고 해로운 것들을 다스리기 위해" 세상에 왔다는 말, 그 자신이 그 말의 화신(化身)인 그러한 말은 우리의 얘깃거리의 문맥 속에서 그 울림이 크지 않을 수 없으며, 사실 우리의 모든 정신적 노력은 그러한 단순한 목표를 공유한다고 할 수 있다.

물론 종교적 금언이나 성자들의 말씀은 대체로 단순하고 또 단순한 말씀을 되풀이한다는 점에서 문학 언어와 다르다. 문학은 가령 덧없는 것들에 대해 덧없는 것이니 집착을 버리라고 간단히 말하는 게 아니라 덧없는 것들에 집착하고 그것들을 사랑하면서 그러한 세속적인 삶의 과정 속에서 생기는 여러 감정과 생각을 표현한다. 가령 언어만 하더라도 아주 부족한 도구라서 말이 신실(信實)하기 어렵고 마침내 연기처럼 사라진다고 하더라도 문학은 말의 힘, 특히 문학적 표현의 힘을 운명처럼 받아들인다.

그러나 문학 언어든 종교 언어든 그 생명력은 그 말이 육화된 것이냐, 즉 그 말을 살았느냐 아니냐에 달려 있다는 건 어김없이 똑같고, 자기를 끌어올리고 우리의 삶이 좀더 나은 것이 되기를 바라는 마음이 들어 있다는 것도 똑같을 것이다.

## 2

인류가 유사 이래 사용해온 말에서 제일 많이 사용한 말 중의 하나가 '꿈'일 것이다. 이 말은 인간의 모든 생각과 느낌과 활동을 물들이고 있는 말이요, 그 정체와 깊이와 넓이를 헤아릴 수 없으며 시작과 끝도 없고 중심도 가장자리도 알 수 없는 말이다. 꿈이라는 말은 여기와 저기, 이 세상과 저 세상, 삶과 죽음을 뛰어넘어 대기권의 공기처럼 있고 에테르처럼 미묘하다. 꿈이라는 것은 우리의 눈, 귀, 코, 입, 피부 등 오감의 활동과 동시에 움직이면서 그것들이 받아들이는 대상들을 변형시키고 낮과 밤, 잠과 각성을 관장한다.

이 꿈에는 풀과 나무, 곤충과 새, 물고기와 동물 등 지상의 모든 생물이 동참하고 보이지 않는 미생물, 보석을 포함한 각종 돌 등의 무생물 그리고 물론 천체들이 동참한다.

모든 예술이 그렇지만 언어 예술에서, 특히 시인에게는 모든 사물이 꿈을 촉발하고 그 꿈을 통해서 그는 사물을 살려내는데, 그것은 그의 꿈꾸는 영혼이 갖고 있는 숨결과 생성력 때문이다. 우리는 상상력과 몽상의 철학자 바슐라르가 여러 저서를 통해 시적인 꿈이 사물에 가치를 부여하는 생생한 이야기를 들려주고 있다는 것을 알고 있거니와, 그러한 가치 부여나 미화(美化)는 꿈의 생리이기 때문에 사물은 가령 릴케의 「오르페우스에게 부치는 소네트」 속의 나무처럼 '순수한 상승'을 겪는다.

나무나 사람이나 땅의 거주자라는 사실을 염두에 두고 느껴야 하는 것이겠지만, 나무는 상상력의 생성력 때문에 자라는 걸 멈추는 법이 없다. 꿈의 생리 때문에 나무는 계속 상승하고 있으며 그 상승을 바라보면서 인간의 상승의 꿈은 또한 힘을 얻는다.

오늘날 '상승'이라는 말은 주가 상승, 가격 상승, 지위 상승 따위의 말들에 주로 쓰이고 앵무새처럼 반복된다. 대부분의 사람들이 그런 현상들에 함몰되어 살고 있는 것에 비추어 위의 '순수한 상승' 운운하는 얘기는 그야말로 꿈같은 얘기겠으나, 우리가 오늘날 당면하고 있는 여러 난제들의 주요 원인이 모든 걸 화폐 가치로 환원시키고 그 획득을 위해 과도한 욕심을 부리는 데 있다고 한다면, 사물의 미적 가치를 발견하고 발굴하는 시적인 꿈—그 비현실적인 것처럼 보이는 꿈이 새로운 현실을 창조하는 동력이라는 데 이의를 제기할 수 없을 것이다.

시적인 꿈은 미화하는 데는 빠르지만 현실적 이익을 위한 계산에는 느리다. 꿈꾸는 인간은 상상력은 민첩하지만 행동은 상대적으로 느린데, 그것은 꿈의 성질 중 하나인 이상주의 때문이기도 하다. 완전함에 대한 비전은 당연히 결단을 더디게 하고 행동을 느리게 할 터다.

19세기에 소로가 얘기한 '모라토리엄moratorium'—잠깐 멈춰서서 생각해보는 일은, 특히 인류를 비롯한 지상의 다른 생물들의 운명에 커다란 영향을 미치는 일을 하는 사람들일수록 하지 않는 일인 듯하나 실은 점점 더 필요한 일이라고 할 수 있다.

자연이든 땅이든 권력이든 독점과 팽창을 도모하는 보나파르티즘은 인류의 공적(公敵)일 것이다. 나폴레옹 보나파르트Napoléon Bonaparte는 자기의 '철완(鐵腕)'은 팔 끝에 달려 있지 않고 머리와 직결되어 있다고 호언을 했다는데, 그리하여 그는 그야말로 '생각할 수 없는' 속도로 남의 나라를 침공하고 살상하고 약탈했던 것이다!

그러한 해로운 정력, 생각하지 않고 질주하는 힘에 질린 그 시절(1814년) 프랑스와 전 유럽에서는 '보나파르트는 이제 그만'이라는 부르짖음이 터져 나왔다지만, 그도 그럴 것이 커다란 소음을 만드는 것이 그가 좋아하는 디자인이었기 때문이다. "굉장한 명성은 굉장한 소음이다. 소음을 더 많이 낼수록 명성은 더 널리 퍼진다. 법률, 제도, 기념비, 국가 들은 모두 무너진다. 그러나 소음은 계속되고 연년세세 알려진다"라고 말한 그의 소음을 사람들은 견디기가 어려웠을 터다. 게다가 그 소음은 피비린내로 물든 소음이었으니!

어떻든 그의 말은 정곡을 찔렀는데, 그 이후에도 그 '소음주의복음'의 신봉자들이 여러 분야에서 많이 나왔기 때문이다. 인류 사회에 끼친 해악의 규모의 정도에 따라 두어 사람만 예를 들어도 히틀러나 스탈린 같은 사람은 피비린내 나는 소음으로 그 명성이 끊이지 않는 대표적인 인물이겠는데, 피비린내의 악취가 강할수록 더욱더 그 이름이 인류 역사에 남는다는 것이다(!).

그리고 그러한 피비린내 나는 소음주의는 아마도 인류가 지상에서 살아가는 한 사라지지 않을 터인데, 오늘날에도 물론 강대

소음과 고요한 마음

국 콤플렉스, 배타적 민족주의, 종교적 근본주의 따위들 속에, 드러나게 또는 숨겨진 형태로 시끄럽게 존재하고 있다.

**3**

그런데 문학을 하는 사람들로서 생각하기에는, 우리가 바라는 것은, 평화롭게, 서로에게 온당하게, 그리하여 즐거운 삶을 살아가는 것이다. 요한 크리스티안 프리드리히 횔덜린Johann Christian Friedrich Hölderlin이 「시골에 가서」라는 작품에서,

> 왜냐하면 우리가 원하는 것 강력한 것 아니나
> 삶에 속하는 것, 그리고 적절하면서도 즐거워 보이는 무엇이니

라고 노래했듯이, 삶이란 인간이 벌이는 일들이 적절하고 온당할 때 즐거워지는 그러한 것일 따름이기 때문이다. 사실 인류의 정신사에서 아름다운 영혼이나 지혜로운 정신의 말들은 적절함과 온당함의 결핍이 초래한 위기에, 절실한 느낌과 깊은 성찰을 통해서 발성된 것이라고 할 수 있고, 문학도 예외가 아니다. 그리고 이것은 개인의 삶에서나 공공의 삶에서나 마찬가지다.

그러한 성찰적 언어들이 말하는 것은 대체로 힘과 욕망의 과잉과 그 치우친 행사에 대한 경고라고 할 수 있다. 물론 힘이나 욕망은 우리가 타고난 자연이기 때문에 그것 자체가 나쁘다거나 좋다고만 할 수 있는 게 아니며, 좋은 일을 위해서도 힘과 욕망은

필요하다. 특히 예술 창조와 종교적 성취에서 필요한 과정이지만, 이른바 '승화'를 하려면 승화시킬 재료, 원료, 에너지가 있어야 한다. 예를 들어, 불교나 기독교의 성자들이 강한 리비도와 그 호화로운 충족이 없었다면 그 포기와 헐벗음과 깨달음이 있었을까 하는 생각을 해볼 수 있다. 그리고 그렇게 위대한 과정이 아니더라도 모든 육체적, 정신적 노동은 절제의 건강을 필요로 한다.

그러니까 인류가 경청할 만한 진언(眞言)들이 말하는 역설—강하고 크고 바쁘고 부유한 것에 대한 통념을 뒤집는 역설은 더 많이, 더 빨리……를 외치면서 움직이는 그 '더'에 제동을 걸기 위한 것이라고 할 수 있을 터다. 사실 오늘날 우리가 당면하고 있는 문제들—생태계 파괴, 자연재해, 식량, 에너지, 군비 경쟁 따위— 의 해결을 위해서는 소유와 팽창, 생산과 소비 같은 것들을 '덜' 하는 수밖에 없지 않나 하는 데 생각이 미치면, 책임 있는 자리에 있는 사람들은 그 '덜'의 이념을 깊이 생각하고 우리도 그것을 생활화하는 게 날이 갈수록 중요한 일이 될 것으로 보인다.

그런데 모든 성찰은 말할 것도 없이 한 걸음 물러서서, 분주함을 떠나 마음을 고요하게 하는 데서 출발한다. 다시 말하여 세상에 가득한 소음을 떠나 내면적인 시간을 가져야 한다. 현대로 올수록 더욱더, 공기나 물의 오염과 더불어 소음으로 인한 정신적 오염이 심해졌다고 할 수 있는데, 그것은 산업화, 도시화, 기계화에 따르는 불가피한 생존 조건이 되었고, '소음에는 소음'이라는 식의 소음 생존 전략이기나 한 듯이 자동적으로 증폭되는 혐의가 짙다. 그리고 그것들이 '소음'이 되는 이유는 그 소리의 동기가 맹목적이기 때문이다. 맹목적 이윤 추구, 맹목적 권력 의지, 맹목적 명예욕…… 따위들이 그 성취 과정에서 내는 소리들은 그 '맹목성' 때문에 소음이 된다. 그리고 그 맹목성은 모든 생명이 원래 가지고 있는 맹목성과는 조금 다르다. 이것을 생물학적 맹목성이라고 한다면 앞의 것은 사회적 맹목성이라고나 할까. 모든 생명이 타고난 맹목성은 우리를 슬프게 하지만 사회적 맹목성은 우리의 개탄을 불러일으킨다.

서양 문학이든 동양 문학이든 문학은 물론, 그러한 맹목성이 낳은 결과, 현실, 상황에 대한 성찰이다. 사회적 맹목성에 대해서는 불가불 비판적인 시선이 움직일 것이고 생물학적 맹목성에 대해서는 연민과 사랑의 마음이 움직일 터이다. 그 어느 경우이거나 문학은 다른 예술들과 더불어 우리의 삶을 맹목성에서부터 건져 올리고, 의미 있는 쪽으로 격상하며, 조금이라도 더 아름답게 하려는 노력이다. 그리고 문학 언어가 이 소음의 소용돌이에 소음을 하나 더 보태는 일이 되지 않으려면, 쓰는 사람이 마음을 고요하게 하여 만사와 만물의 모습과 움직임이 잘 비치도록 하고, 상상력—꿈의 경계 없는 움직임과 자유로운 생성력에 따라 세상에서 처음 들어보는 생생하고 사려 깊은 언어가 발성되도록 해야 한다. 그리고 그러한 언어의 첫 발성은 다름 아닌 새로운 세상의 창조다.

**4**

내가 사는 서울에는 예컨대 일본인이 많이 사는 동네, 중국인이 많이 사는 동네 하는 식으로 한국에 와서 사는 외국인들의 군락 같은 게 있는데 꼭 그런 동네가 아니더라도 서울 거리에서 외국인을 보는 것은 흔한 일이며 또 요새는 여행을 많이 하니까 그중에는 여행객들도 있을 것이다. 어떻든 나는 거리에서 외국말소리가 들리면 기분이 아주 좋아지는데 그것은 아마도 그 말의 낯섦에서 오는 신선함 때문일 것이다. 그래서 그런지 어느 나라 말인지 알 수 없는 경우에 그 신선함이 더 커진다.

그동안 작품 낭독을 하러 여러 나라를 여행하면서 그곳 사람들과 작품들과 문물을 만난 것도 나에게는 신선하고 재미있는 일이었으니, 괴테가 『이탈리아 기행』에 쓴 다음과 같은 말은 참으로 옳은 말이 아닐 수 없다.

지금까지 내 인생의 경이로운 날들은 매우 낯선 상황에서 매우 낯선 사람들과 지내며 인간적인 상태를 다시금 생생하게 만끽하는 시간이었다.

다 아는 대로 호기심과 의욕이 넘쳤던 그는 페르시아 문학에도 심취하여 『서동시집』이라는 시집을 낸 바 있는데, 우리가 다소간에 갖고 있고 꿈꾸는 영혼들(예술가들)에게 특히 두드러진 이국정조(異國情調)——물건에 대해서든 작품이나 사람에 대해서

소음과 고요한 마음

든―는 필경 세계 평화에 기여하는 이끌림일 것이다.

　개인적인 애기가 되겠지만, 나는 작품이든 사람이든 '진짜' 앞에서는 꼼짝하지 못하고 진정한 탁월함에 대해서는 즐거운 경의가 저절로 우러나오는 성향을 갖고 있는데, 문학 작품에 한정해서 애기해보자면, 어떤 진리를 이야기하는 표현 방식이 아주 강력하여 가슴을 두근거리게 할 때 마음은 충일감에 가득 찬다. 예컨대 13세기 페르시아의 시인 자랄 알딘 루미Jalāl ad-Din Rūmī의 다음과 같은 시구가 그런 예 중 하나인데, 그는 지저귀는 새와 나이팅게일 들이 마치 관리인이 금고에서 나온 그의 월급을 즐기듯이 가지 위에 앉아 있다고 쓰고 나서 계속 이렇게 쓴다(루미의 작품들은 종교적이며 이런 대목이 자주 나오지는 않는다).

　　이 잎들은 혀와 같고 그 과일들은 심장과
　　같느니― 심장들이 그들의 얼굴들을 보일 때
　　그들은 혀를 값지게 한다.
　　These leaves are like tongues, these fruits
　　like hearts — when the hearts show their faces,
　　they give worth to the tongue.

　잎과 혀, 과일과 심장의 형태적 유사성이야 누구나 금방 알 수 있고 또 잎들은 나무들의 말이요, 우리가 과일을 먹을 때 우리는 그 나무의 심장을 먹는 것이라는 느낌을 갖게 하기도 하지만, 무엇보다도 "심장들이 그들의 얼굴을 보일 때/그들은 혀를 값지게 한다"고 함으로써 내가 하는 말(혀) 속에 심장이 들어 있어야 한다, 내 말이 곧 심장이어야 한다, 다시 말하여 살아 있는 말, 참말이라야 가치가 있다……는 전언을 말로써가 아니라 선연한 심상으로 들려주고 있다.

　날이 갈수록 소음이 커져만 가는 추세에 비추어 위와 같은 말이 세상에서 사라지지 않도록 하는 시적 노역이 필경 문학의 변함없는 일일 것이다.

소음과 고요한 마음

# 그 시절의 삽화

### 1

문학과지성사 시인선 400호 출간을 기념하며 나는 1970년대에 씌어진 특히 정치적이라고 할 수 있는 몇 작품을 이야기하면서 아울러 그동안 말하지 않은 삽화를 곁들여, 독자가 그 시대의 분위기를 짐작할 수 있게 해볼까 한다.

한편, 어떤 작품들은 그것들이 씌어진 시대라는 배경을 알 때 이해와 공감의 정도가 커지지만 그러나 그것은 작품 이해와 평가의 보조자료일 뿐이라는 점을 말해두고자 한다.

### 2

나의 첫 시집 『사물의 꿈』(민음사, 1972)에는 정치적인 시라고 할 수 있는 「말의 형량」 「심야 통화」 「고통의 축제」 등이 들어 있었다. 「말의 형량」은 김지하가 당시 군사정권의 부정과 부패를 신랄하게 비판한 담시 「오적」 때문에 체포, 수감되었던 무렵(솔 출판사 판 결정본 『김지하 전집』의 약전에 의하면 1970년) 쓴 것인데, 용기 있는 비판을 한 시인의 입에 재갈을 물리는 처사에 대한 내 나름의 아픔과 분노가 낳은 시였다.

김지하가 첫 시집 『황토』(한얼문고, 1970)를 낼 무렵 우리는 다른 친구들과 더불어 술을 많이 마셨고 유행가도 많이 불렀는데, 시대가 시대이니만큼 우리의 노래는 청승 덩어리였고, 김지하의 노래는 한(恨)의 극치였다.

첫 구속 이후 그는 투옥과 석방이 몇 차례 되풀이되면서, 검거를 피해 잠적하기도 하는 어려운 나날을 이어갔다. 처음 투옥되었다가 보석으로 풀려난 뒤 시와 희곡 등 작품을 발표하다가 1972년 봄에 다시 「비어」라는 작품이 문제되어 검거령이 내려졌고, 그가 어디론가 잠적하기 전날 저녁 신촌 이대 근처에서 셋방살이를 하고 있던 나를 찾아왔다. 우리는 소주를 몇 병 비우면서 시국 이야기와 시 얘기를 했던 것 같고, 그러다가 무슨 이야기 끝에 내가 러시아의 혁명 시인이라고 하는 블라디미르 블라디미로비치 마야콥스키Vladimir Vladimirovich Mayakovsky(1893~1930)의 영역판 시집 『바지 속의 구름The Cloud in Trousers』을 보여주었더니 그는 그걸 빌려달라고 하면서 호주머니에 넣었다. 자정이 다 된 시간이어서 나는 걱정이 되어 어디로 가느냐고 물었더니 그는 자기도 모른다고 하면서 어둠 속으로 사라졌다. 나중에 듣기로는 그는 그때 무슨 섬으로 피신하지 않았나 싶다.

그런데 그 이튿날 밤 나무로 만든 작고 허름한 대문 밖에서 김현이 풀 죽은 목소리로 "현종아, 현종아" 부르는 소리가 들렸다. 나는 깜짝 놀라 나가서 문을 열었다. 그리고 문을 열자마자 '괴한'이라고 할 수밖에 없는 남자 둘이 들이닥쳤고, 나에게 김지하가 어젯밤에 여기 왔었다는데 어디로 갔는지 말하라고 하였다. 나는 물론 모른다고 하였고 그들은 구두를 신은 채 방으로 들어와 서랍이며 책장을 온통 뒤집어놓았다.

김현은 내 집으로 그들을 안내한 뒤 돌아갔고, 나는 남산에 있었던 정보부로 연행되었다. 나는 큰 잘못을 한 게 없으므로 겁은 나지 않았으나, 당시의 정보부는 초법적인 기관이어서 사람을 데리고 가서 어떤 고문이든 마음대로 할 수 있었으며, 언론은 거의 완전히 통제되어 있어서 아무 말도 못하던 시절이었다. 김지하의 행방을 찾기 위해 그때 문인 몇 명이 더 연행되었는데, 나중에 들으니 고문을 당한 사람도 있고 그렇지 않은 사람도 있었으며, 나는 뒤쪽이었다.

이런 이야기를 하는 건 사실 썩 내키지 않는 일이지만 이런 조그마하고 사적인 삽화가 1970년대에 쓰여진 정치시에 드리워져 있는 무거움과 괴로움의 배경을 조금이라도 구체적으로 느끼는 데 도움이 되었으면 하고 바라는 마음도 있다.

그런 작품 중에 초기 문학과지성 시인선으로 나온 『나는 별 아저씨』(1978)에 들어 있는 「통사초(痛史抄)」라는 게 있다.

옛날옛날에 덫과 올가미가 살았습니다. 덫은 올가미를 노리고
올가미는 덫을 노리고 있었습니다.

생명 있는 건 돌뿐이었습니다.
생명 있는 건 쇠뿐이었습니다.
우리야 돌 속의 돌이요 쇠 속의 쇠였습니다.

덫이 올가미를 덮치는 순간 그야 올가미는 덫을 얽었습니다.
아, 덫과 올가미는 함정에 빠졌습니다.

당시의 한국과 그 국민의 한심한 운명에 대해 써본 것인데,
1974년 9월부터 약 6개월 동안 미국 아이오와대학 국제창작 프
로그램에 참가하고 있는 동안에는, 군사독재 아래 참담한 상태
에 있는 한국에 대한 연민에 휩싸여, 눈물로 밥을 짓고 국을 끓
였다고 해도 과언이 아닐 만큼, 한동안 쏟아지는 눈물을 주체할
수 없었다. 그때 씌어진 작품이 「술잔을 들며」와 「다시 술잔을
들며」다. 두번째 작품이 짧으니까 한번 읽어본다. "한국, 내 사랑
나의 사슬"이라는 부제가 붙어 있다.

이 편지를 받는 날 밤에 잠깐 밖에 나오너라
나와서 밤하늘의 가장 밝은 별을 바라보아라
네가 그 별을 바라볼 때 나도 그걸 보고 있다

그 시절의 삽화

(그 별은 우리들의 거울이다)

네가 웃고 있구나, 나도 웃는다

너는 울고 있구나, 나도 울고 있다


자기가 어디 있느냐에 따라 사물은 달리 보이게 마련인데 제 나라 역시 마찬가지다. 당시 나라 안에 있을 때는 국가적 불행의 원천에 대해 비판, 냉소, 풍자의 감정이 지배적이었다고 한다면 나라 밖에 나가서 제 나라를 바라볼 때는, 시절이 시절이니만큼, 연민이 앞섰던 게 아닐까 한다. 어떻든 한국이 불쌍해서 혼났으니까.


3

숨 막히는 상황에 처하면 벌레도 발버둥을 친다는 건 다 아는 얘기다. 우리 세대가 겪은 정치적 불행은 1961년 쿠데타 이후 가중되어오다가 1970년대에는 계엄령, 위수령, 유신 따위의 조치들로 더욱 옥죄었으니, 『나는 별 아저씨』에 들어 있는 정치시들은 말하자면 살아 있는 게 굴욕으로 느껴지는 상황 속에서 나름대로 꿈틀거려본 흔적일 것이다. 예를 들어 거세된 느낌이 술집 아가씨들이 "나와/다른 사내들의 불알을 까서/소금 접시와 함께 날라온다"는 말을 나오게 했을 것이고, 강요된 침묵이 "땅콩이 입안에서 폭발한다/오이와 당근/대구포도 폭발한다/입속에, 감금된 폭발"(「밤 술집」)이라는 구절을 쓰게 했을 것이다. "악몽과

뜬구름"이나 "정들면 지옥이지" 같은 제목에는 저간의 사정이 들어 있음직한데, 어떻든 그 무렵의 작품에는 악몽, 납, 지옥, 돌, 쇠, 우울 같은 무거운 낱말들이 등장하는데 아마도 "아래로 아래로 날아오른다"(「고통의 축제 2」)는 모순어법은 그 무거움을 견디려는 한 시도가 아니었을까 싶기도 하다.

단순하게 요약되기 어려운 일이지만, 재미 삼아 말해본다면 어린 시절 나를 무겁게 한 것은 물지게였고 사춘기 때 나를 무겁게 한 것은 육체, 그리고 청·장년기에 나를 무겁게 한 것은 정치 상황이었으며, 그 뒤에 무겁게 한 것은 마음이라고 말해볼 수 있지 않을까 한다.

재미 삼아 말해본다고 한 것은, 예컨대 어린 시절에 내 몸을 통해 육화된 삶의 느낌은 물지게를 통한 실존의 무거움만이 아니었고, 물을 길으러 우물에 가서 두레박으로 물을 퍼 올려 담아가지고 지고 오기만 한 것이 아니라, 어린아이였으므로, 우물 속을 들여다보면서 소리를 지르고 우렁우렁 되돌아오는 메아리를 들으면서, 나중에 될 한 시인을 위해서 대단히 중요한 체험을 하기도 하였다. 즉 우물 속에는 하늘과 구름이 비쳐 있었고 아울러 내 얼굴도 비쳐 보였는데, 다른 자리에서도 한 얘기지만, 바슐라르의 분류를 빌려 "이기적 나르시시즘" 쪽보다는 "우주적 나르시시즘"(『물과 꿈』 참조) 쪽으로 체질이 만들어지는 체험이 아니었을까 생각되기도 하기 때문이다. 바슐라르는 땅 위의 호수들을 "지구의 눈동자"라고 했는데 우물도 마찬가지다. 그 눈동자 속

그 시절의 삽화

에 하늘과 구름과 내 얼굴이 함께 비쳐 있었고 그 영상이 또 내 눈동자에 지워지지 않는 영상으로 남아 있게 되었다. 내가 이를 다행스럽게 여기는 까닭은 "이기적 나르시시즘"이 "병든 자기애"인 데 비해 "우주적 나르시시즘"은 "건강한 자기애"라고 할 수 있기 때문이다.

위의 얘기는 또 니체가 『우상의 황혼』이라는 작품에서 하고 있는 이기주의에 관한 얘기를 생각나게 한다. 그에 따르면 이기심의 가치는 이기심을 갖는 사람이 생리적으로 어떤 가치를 갖는지에 따라 결정된다.

> 이기심은 가치가 매우 클 수도 있고 무가치할 수도 있으며 경멸을 받을 수도 있다. 각각의 인간은 그가 삶의 상승선을 나타내는지 하강선을 나타내는지에 따라 평가되어도 무방하다. 이것에 대한 결정이 그들의 이기심이 어떤 가치가 있는지를 결정하는 규준이 된다……

그러면서 계속 말하는 내용은 한 사람이 상승선을 나타내면 그의 가치는 실로 뛰어나며, 하강, 쇠퇴, 퇴화, 병증을 보이면 그는 별 가치가 없다. 이런 사람은 제대로 된 사람들에게는 기생충에 불과하다.

어떻든 위에서 말해본 여러 가지 무거움이 내가 시에 관해서 얘기할 때 중요하게 얘기해온 '가벼움'의 시학이라고 할까 그런 생각의 무의식적 원천이 아닌가 하는 생각도 든다. 그런 맥락에서 바슐라르의『공기와 꿈』같은 책은 지상에서 인간의 삶이 계속되는 한 삶의 상승을 위해 대단히 중요한 고전으로 남을 것이라고 생각한다. 그가 공기적 상상력에 관해 한 권의 책을 쓰도록 강력히 부추긴 것은 시적 이미지이며 그것들이 그의 사유의 싹이 되었기 때문에 두뇌적이고 난삽하기만 한 20세기 유럽의 다른 사상가들과 달리, '살아 있는' 산문을 쓸 수 있었다.

나도 그의 책을 읽기 전부터 '숨'이라든지 '꿈' 같은 말을 해온 터라 말하자면 체질적으로 그의 '공기'에 관한 이야기에 크게 공감했던 것 같고, 또 가령 니체가『차라투스트라는 이렇게 말했다』에서 "무거운 것 모두가 가볍게 되고, 모든 몸이 춤추는 자가 되며, 정신 모두가 새가 되는 것, 그것이 내게 알파요 오메가라면: 진정 그것이야말로 내게는 알파요 오메가렸다!"(「일곱 개의 봉인」)라고 한다든지 "말이란 모두 무거운 자들을 위한 것이 아닌가? 가벼운(경쾌한) 자들에게 말이란 모두 거짓말이 아닌가? 노래하라! 더 이상 말하지 말고!"라고 했을 때 더없이 강력한 응원군을 얻은 듯했던 것이다.

그리고 스탈린 치하에서 탄압받고 고생하다가 39세에 세상을 떠난 러시아 시인 오시프 예밀리예비치 만델스탐Osip Emil'ebich Mandel'shtam이 시인을 "공기 훔치는 사람stealer of the air"이라고 했을 때 참으로 적절한 말이라고 쾌재를 불렀는데, 그 말은 우선 당시 소련의 숨 막히는 상황을 떠올리게 하지만, 실은 숨이란 시가 갖고 있는 보편적이고 변함없는 기능인 것이다. 공기가 제일 가벼운 원소임을 상기한다면 특히 공기적인 작품이 인간의 삶의 하중(荷重)을 견디게 하고 솟아오르게 하는 동력을 공급한다는 점은 전혀 이상할 것이 없으며, 그러한 성질은 사실 예술의 본질적이고 변함없는 힘일 터다.

사실 시인이 이 세상에 왔다가 떠날 때까지 하는 일은 삶을 고양시키는 일일 것이다. 그리고 이것은 의식적으로 그러고자 한다고 해서 되는 일이라기보다, 시인은 남다른 생기를 타고나지 않으면 안 되며 그러한 기운이 몸과 마음에 감돌고 살과 피에 흘러 제어할 길 없는 본능으로 작동하는 사람이라고 해야겠다. 그리고 그러한 생리는 어린 시절에 뿌리를 두고 있다고 해야겠는데, 나로서는 아주 소중한 어린 시절의 체험을 하나 더 이야기하자면 산에 갔다가 골짜기에서 본 옹달샘이다. 모든 샘은 솟아오른다는 걸 우리는 알고 있거니와, 그 옹달샘은 평생 내 망막과 기억과 심장에서 솟아오르고 있으며, 얼마 전에 그에 대한 시를 한 편 썼는데, 그걸 읽으며 글을 끝낼까 한다. 「샘을 기리는 노래」(『그림자에 불타다』, 문학과지성사, 2015)다.

어린 시절
뒷산 기슭에서
소리 없이 솟아나던 샘물은
지금도 내 기억 속에서,

내 동공 속에서,

솟아나고 있어요.

그때와 똑같이

작은 궁륭 모양으로

솟아나고 있어요.

지상의 모든 숨어 있는 샘들을

계시한

그 신비의 샘은

또한 마음을 샘솟게 하는

신비.

어린 시절 뒷산 기슭에서

소리 없이 솟아나던 샘물,

내 마음에 샘솟는,

오 마음이 샘솟는 원천!

(2011)

그 시절의 삽화

# 페테르부르크 인상

 

 

 

내가 페테르부르크라는 도시에 대해 알고 있었던 것은 그곳이 러시아 문화예술의 메카라는 것이었다. 키도프 발레, 에르미타주 박물관은 다 알려진 볼거리지만, 푸시킨, 도스토옙스키, 아흐마토바 같은 시인 소설가들이 살면서 작품을 썼던 공간인데, 아흐마토바나 만델스탐 같은 시인들의 작품을 통해서 본 스탈린 치하의 페테르부르크는 체포와 유형, 죽음과 추방으로 점철된 고통스러운 도시였다. 공포가 "메마른 웃음 속에 떨고" "죽은 자만이 웃고, 평화를 얻어 행복해하는" 도시, 19세기 도스토옙스키의 눈에 비친 이 도시는 "무의미하고 비정상적인 삶이 있는 가장 깊은 지옥"이었지만, 이 지옥도는 실은 1930년대 스탈린의 공포정치 시대에 그 절정을 이룬다.

그런데 내 느낌으로는, 그렇게 고통스러운 현실을 견디게 한
게 예술이 아닐까 한다. 국가, 당, 이념, 정치라는 이름의 잔혹한
악조건 속에서도 그리고 이른바 현실사회주의의 몰락 이후 경제
적인 어려움 속에서도, 음악과 무용은 매일 사방에서 공연되었
고, 시와 소설은 씌어졌으며, 글링카에서 스트라빈스키, 프로코
피에프, 쇼스타코비치 등 이른바 '페테르부르크 스타일' 작곡가
들의 활동은 20세기 서양 음악을 이끌었는데, 이번에 보니 각종
공연의 입장료가 아주 싸서 그것들을 즐기는 데 별 어려움이 없
었다.

　예술은 산 사람들을 삶의 멍에에서 구해낼 뿐만 아니라 죽은
사람들도 살려내고 있다는 것을 예술가들이 묻혀 있는 공동묘지
에 가서 느낄 수 있었다. 묻혀 있는 사람들을 조각해놓음으로써
그들을 살려놓고 있었으니.

　이번에 우리가 본 무용은 민쿠스라는 작곡가의 「바야데르카」
와 스트라빈스키의 「봄의 제전」인데, 앞 작품이 좋았고 뒷 작품
어떤 젊은 안무가가 만든 것이라고 하는데, 내가 보기에는 실패
작이었다. 우선 「봄의 제전」을 남성 무용수만 가지고 만들었다는
게 결정적인 실수 같고, 섣불리 모더나이즈한 것도 눈에 거슬렸
다. 그러나 오케스트라는 아주 좋았다.

　표트르 대제가 이탈리아 건축가들을 불러다 건물을 지은 페
테르부르크 전체적인 인상은 좀 어두운 것이었는데, 그러나 아
주 예술적인 도시라는 사실을 위에서 얘기한 여러 예술 활동뿐

만 아니라 사방에 만들어놓은 조각들이 잘 말해주고 있었다. 가장 많은 동상은 역시 푸시킨인데, 푸시킨은 러시아 전체뿐만 아니라 페테르부르크의 수호신 같다는 느낌이 들었다. '왜 푸시킨인가'라는 의문에 대해 연세대학교 노문과 김진영 선생은 "삶의 모든 것을 너무도 명료한 언어로 표현해낸 최고의 예술가"이기 때문이라고 설명했다. 러시아의 전통에서 시인은 시인 이상의 인물이라는 것, 푸시킨은 각기 다른 이념과 입장에 다 영웅적 모델이 된다는 것, '다 알았던/이해했던' 사람(아흐마토바)이라는 것, 한편 그가 영웅이라기보다는 그를 신화적 인물로 만들고자 하는 러시아인의 의지와 전통이 그를 그렇게 만든 면도 있다는 것이다.

박물관 에르미타주는 보물 궁전이었고(보유 작품이 약 3백만 점이라고) 지하철은 너무 깊어서 처음 내려가는 에스컬레이터에 섰을 때 나는 가벼운 충격을 받았다. 땅속으로 한없이 내려가는데, 끝이 보이지 않았다. 조금 시적으로 얘기하자면 '나는 지금도 계속 내려가고 있다'.

그리고 어디나 그렇듯 교외의 자연은 아름다웠다. 러시아 시인들의 작품에 많이 나오는 자작나무 숲, 공원들과 네바 강……

교외의 어떤 조각가의 집에 가려고 버스를 탄 일이 있었는데, 재미있게 생겨 골동품 같기도 한 작달막한 버스는 만원이었고, 초등학생 아이들이 올라와서 저희들끼리 손으로 하는 무슨 게임을 해서 진 사람을 한 방 먹이는 장난을 내릴 때까지 계속했다.

아이들은 정말 예뻤고, 아무 걱정도 없어 보였으며, 너무 밝아서 러시아에 새날을 기약하는 태양 같았다.

(『연세춘추』, 1997)

페테르부르크 인상

# 인디언 마을에서

1974년 9월부터 이듬해 봄까지 나는 미국 아이오와대학의 국제창작 프로그램에 가 있었는데, 주최 측에서는 참가자들에게 미국 내 어디든지 가고 싶은 데가 있으면 며칠 보내주는 프로그램을 제공하고 있었다. 나는 아메리카 인디언 마을에 가보고 싶다고 했고, 인도네시아에서 온 시인도 같은 소망을 갖고 있어서 우리는 뉴멕시코 주에 있는 주니Zuni 인디언촌에 가게 되었는데, 그때 그 동네 아이들과 운동장에서 공놀이를 하면서 찍은 사진도 있다.

내가 인디언 마을에 관심이 있었던 건 막연한 낭만적 감정 때문이었다고 할 수 있는데, 영화 같은 데서 본 것으로 그들이 숲 속에서 원시적인 생활을 하는 모습에서 무슨 낙원을 본 것 같은 환상을 갖고 있었던 것 같다.

그러나 막상 가서 보고는 실망하지 않을 수 없었는데 그들은 자동차나 냉장고 같은 이른바 문명의 이기들을 사용하고 있었고 마을도 숲은커녕 황량한 느낌을 주는 곳이었다. 그러니까 그들의 원래 삶의 터전은 낙원에 가까운 것이었을 터이나 유럽에서 건너온 백인들이 서부를 개척하면서 원주민인 인디언의 삶은 망가졌고, 세월이 흐르면서 백인 정부는 이른바 인디언 특별 보호 거주지indian reservation를 만들어 그들을 수용하고 그 거주지마다 백인 감독관을 두었는데, 내가 간 곳은 바로 그런 곳이었다.

우리는 알바커키 비행장에 도착해서 마중 나온 백인 감독관의 차를 타고 인디언 거주지로 갔고, 인디언의 집에 비해 너무 좋은 그의 집으로 안내되었다.

백인 감독관은 자기를 독신이라고 소개했다. 저녁을 먹고 나서 우리더러 어떤 집에 묵기를 원하느냐고 하기에 나는 그냥 조용한 집이면 좋겠다고 했고, 그래서 안내를 받아 어떤 인디언 집으로 갔다.

그런데 그 집은 여주인과 두 아이만이 살고 있는 말하자면 과부네 집이었다. 나는 백인 감독관의 용의주도한 배려에 감탄하면서(!) 마침 마을회관에서 열리고 있다는 굿을 보러 갔다. 그들은 영화나 TV에서 보았듯이 예의 화려한 의상을 입고 머리에 깃장식을 하고 거의 제자리에서 음악에 맞춰 보리밟기 비슷한 춤을 추고 있었다. 그걸 밤새도록 한다는 것이었다. 우리의 굿과 흡사했는데 다만 그들은 여러 명이 춤을 추었다. 이튿날 본 부엌도 우리 옛 시골의 부엌 비슷하고 거기서 쓰는 부엌 살림도 우리 농촌 부엌의 살림과 아주 흡사했다. 아메리카 인디언이 몽골에서 알래스카를 거쳐 내려왔다는 북방도래설이 그럴듯한 게 아닐까 생각되었다.

굿을 보다가 밤늦게 돌아왔는데, 안주인이 나더러 무엇을 원하는지 말하라고 하면서 세상없이 착한 태도로 원하는 건 무엇이든 들어주겠다고 했다(!).

주니 인디언 신화에 단편소설 길이의 「소년과 사슴」이라는 게 있는데, 한 신관(神官)의 딸이 임신하는 얘기로 시작된다. 이 아가씨는 매일 자기 집 4층 뜨는 해가 보이는 자리에 앉아 벽걸이용 바구니를 짜고 있는데 어느 날 배가 불러오기 시작한다. 남자를 만난 적이 없으니 필경 매일 아침 비쳐드는 태양이 그녀를 임신시켰다는 것이다. (줄거리를 요약하면 그녀는 애를 낳아 노간주나무 아래 버리고 나뭇잎으로 덮어놓는데, 사슴들이 발견하여 그 아이는 사슴 젖을 먹고 자란다. 사슴 형제들은 그 아이가 벌거숭이인 걸 걱정하며 옷을 구해서 입히기 위해 사람 사는 마을을 찾고 다니다가 아이를 낳은 어머니를 만나게 되는데, 어머니는 자기가 만드는 바구니의 겉을 싸기 위해 커다란 유카나무 잎이 필요하니 가운데 잎을 따오라고 하고 아이는 큰 산으로 가서 그걸 따다가 그 큰 잎이 갑자기 가슴으로 떨어져 죽게 된다. 그리고 이튿날 그의 삼촌들에게 발견되어 매장된다.)

이야기야 어찌됐든 나는 아침 해의 햇빛이 임신시켰다는 첫 대목이 좋은데, 내가 묵은 집 여주인에게, 말하자면 그런 햇빛 같은 게 되어 지구의 한구석 인디언 마을에 씨를 뿌릴까 하는 생각이 스치기도 하였으나, 그럴 마음이 힘차게 일지도 않아 포옹을 한번 해주고는 내 방으로 가서 잠을 잤다.

이튿날 나는 동행과 헤어져 (각자 뜻이 달랐으므로) 알바커키로 가서, 버스로 아메리카 대륙을 종단해보고 싶었으므로 그레이하운드라는 버스를 타고 아이오와로 향했다. 버스 안에서 해가 두 번 뜨는 걸 보는 것도 놀라운 일이었고 지나오면서 저녁 어스름 속에 창밖으로 본 산타페Santa Fe라는 곳이 너무 환상적이어서 나중에 꼭 한번 다시 와봐야지 했는데, 2001년엔가 내가 UCLA에 한 학기 가 있는 동안 결국 가보았다. 역시 살고 싶은 곳 중의 하나였다.

(2005)

# 숨결

  말이 생긴 이후 인간이, 특히 사람의 삶을 격상시키는 계기가
되기도 하는 시라든지 철학 같은 것들이 해놓은 수많은 말들을
한꺼번에 넣고 끓여 증류해서 한 방울 이슬과도 같은 정수(精髓)
로 만들려고 할 때, 그럴 때 작용하는 에너지는, 마치 이슬이 우
주의 습기와 열기와 냉기 들의 작용으로 태어나듯이, 그러한 우
주적 에너지들과 다름없는 사람 속에 들어 있는 습기와 열기와
냉기 들이 고스란히 들어 있는 한 줄기 숨결 같은 건 아닐 것인
가. 형체 있는 것들과 그것들을 담고 있는 허공, 물론 그것들의
움직임과 그 움직임의 음영을 고스란히 담고 있는 숨결.
  숨결에 관한 생각을 내가 인도 시인 아룬에게 이야기한 것은
그가 시인이기 때문이기도 하지만 힌두교 경전인 『우파니샤드』

에 '숨(숨결)'에 관한 얘기가 여러 번 나오기 때문이었다.

그러자 그는 옛날 어떤 구루가 제자에게 법을 전할 때 그 제자의 귀에다 대고, 마치 숨을 불어넣듯이 속삭였다는 일화를 이야기했다. 그런데 나도 그 이야기를 사르베필리 라다크리슈난Sarvepalli Radhakrishnan의 『오의서奧義書』 해설에서 읽어 알고 있으며, 그 얘기가 인상 깊어서 잊지 않고 있다고 맞장구를 쳤다. 우리는 화음이 잘되어서 누구의 말이라고 할 것도 없이 주거니 받거니 하였다.

"나는 말이오, 그 얘기를 읽는 순간, 그 스승이 제자의 귀에다 대고 속삭였다고 하지만, 무슨 말을 속삭인 게 아니라 그냥 숨을 불어넣었을 뿐이지 않았을까, 그런 생각이 퍼뜩 들었어요."

"숨이 한없이 오묘해지는군요. 그런데 또 한편 재미 삼아 짐작해보자면, 진리가 소중한 나머지, 큰 소리로 말하면 깨지거나 흩어져버릴까 봐 가만가만 말하지 않았을까…… 큰 목소리에는 이미 그 시끄러움 때문에 무슨 참된 것이 깃들 수 없지 않을까…… 큰 목소리의 주인공은 필경, 목소리가 크다는 것 자체가 벌써, 자기가 하는 말을 스스로 듣지 못한다는 뜻이므로, 말하자면 자기가 무슨 말을 하고 있는지 모르면서 하고 있으므로, 무지와 불찰의 큰 소리이니, 그걸 들어야 하는 자리에 잠시라도 있을 수밖에 없다면, 그건 참 괴로운 일이겠지요. 게다가 목소리의 음질이나 어조까지 안 좋다면 그 괴로움은 참기 어려울 터고……"

"뭘 정말 아는 사람은 목소리가 클 수 없겠지요. 아마 그 구루

숨결

께서는 자기의 말이 진리임에는 틀림이 없지만, 자기 스스로가 그 말의 육화냐, 자기가 그 말을 살고 있느냐 하는 데 대한 의구심 때문에 저절로 목소리가 낮아져, 말은 잦아들고 거의 숨결의 형태로 마음을 보내지 않았을까…… 그러므로 그는 진짜 구루가 아닐까…… 우리나라에는 가짜 중을 가리키는 말로 땡추라는 말이 있습니다만……"

그런데 숨결이라면 종교 쪽보다는 시와 시인에게 더 중요한 것일 터다. 다름 아니라 시는 호흡과 어조가 대단히 중요한 요소이므로 숨결의 언어라고 할 수 있기 때문이다. 또 시는 사물에 숨을 불어넣어 살려내는 언어인데, 그러려면 시인은 사물의 숨결을 잘 들을 줄 알아야 하므로 시는 숨결의 언어다. 그리고 시는 말을 적게 하는 장르라는 점에서도 숨결의 언어라고 할 수 있다. 여백이 많고, 침묵을 그 작품의 모태처럼 그 속에 지니고 있는 언어. 그래서 읽는 사람이 숨을 편하게 쉴 수 있게 하는 언어, 숨 쉴 여지가 많은 언어, 들숨과 날숨이 때로는 미풍처럼 때로는 폭풍처럼 어우러져 마음을 춤추는 상태에 있게 하는 언어.

시인은 근본적으로 듣는 사람이며, 좋은 시인은 잘 듣는 시인이다. 잘 듣는다는 건 좋은 시인의 아주 중요한 조건이다. 그런데 잘 들으려면 마음 안팎이 고요해야 한다. 그래야 바깥도 잘 듣고 안도 잘 들을 수 있다. 현대 세계가 아무리 시끄러워도, 시끄러우면 시끄러울수록, 마음을 고요하게 하여 만물과 만사의 움직임 속에 들어 있는 뉘앙스를 잘 듣는 것, 잘 들을 때에만 그것들은 보석이 되므로 절대적으로 잘 듣는 것이 변함없이 시인의 일이며, 그 점이 필경 시인이 이 세상에 있는 이유일 것이다.

시인 아룬은 심연과도 같은 눈을 뜨고 다른 사람의 이야기를 주의력을 다해 들었으며, 또 자기가 이야기할 때는 자신의 말에 귀를 기울이는 듯 속도가 느려지곤 하였다.

"아룬은 몸 전체가 귀인 듯이 잘 듣는 사람임에 틀림이 없어요. 그게 당신에 관해 내 귀가 들은 겁니다."

"우리 마음이 어둡기도 하기 때문에 힘든 일이기는 하지만 잘 들으려고 노력은 하는 편이에요."

"당신은 잘 듣는 사람이기 때문에 진짜 시인이에요. 가령 모든 관심이 주로 알량한 자기 자신에게 집중돼 있으면서, 자기과시욕으로 가득 차 있는 시인은 자기 바깥(타자)을 잘 듣지 못하기 때문에 가짜 시인이지요. 꽉 막힌 거예요. 막힌 걸 뚫는 게 시요, 시인인데……"

"참된 노래는 또 다른 숨결, 무(無)를 둘러싼 하나의 숨결이라는데……"

그렇다. 시간의 숨결이 느껴졌다. 적막하였다. 순간이 영원하였으므로 광막하고 쓸쓸하였다.

(2010)

숨결

# 나는 나 바깥에서 왔다

—

지구 환경과 인간

2011년 5월 서울국제문학포럼 대산
문화재단 주최, 세션5 〈지구환경과
인간〉에 발표한 글이다.

1

인간의 과욕이 초래한 지구 생태계 위기에 관한 진단과 경고
의 강도가 점점 높아지고 있다. 인간을 비롯한 모든 생물의 삶의
터전이 망가지면 당연히 거기 사는 생물의 삶도 끝장나게 마련
이니, 민감하고 온당한 영혼들은 걱정에 잠겨 경고와 처방을 내
놓는 것이다.

예컨대 1980년대에 『가이아』나 『가이아의 시대』와 같은 책들
을 통해 자연과학의 문외한인 나 같은 사람도 크게 계몽시킨 제
임스 에프라임 러브록James Ephraim Lovelock은 최근에 『가이아의 복
수』라는 책을 통해서, 『지구의 딜레마』 『플랜 B』 『플랜 B 3.0』 등
의 책을 낸 레스터 러셀 브라운Lester Russel Brown은 온몸을 던져 일
하는 광범위하고 구체적인 조사, 진단, 처방을 통해서, 그리고 자

환경과 인간 문명에 관해 글을 써온 저널리스트라고 하는 빌 맥키번Bill Mckibben은 『자연의 종말』이라는 책을 통해서 중요한 정보와 진지한 성찰을 보여주고 있다.

그들의 글에서 똑같이 심각하게 이야기되는 것은, 신문이나 방송 등을 통해 이미 많이 알려졌지만, 지구 온난화와 그로 인한 기후 변화, 그리고 그 원인인 탄소 연료 사용에 관한 것이다.

그런데 나의 느낌으로는, 지구의 건강 상태(따라서 모든 생물과 인류 문명의 건강 상태)를 걱정하는 그들의 말이 죽어가는 지구 또는 곧 끝장날 지구를 향해 바치는 연도(連禱, litany) 같았다. 그리고 그런 느낌을 갖게 했다는 것은 그들의 글이 드물게 진지하고 진정성이 있다는 얘기일 터다.

인간에게는 괴로운 진실일수록 똑바로 보지 않으려는 경향이 있다는 얘기를 우리는 줄곧 하면서 살고 있지만, 기후 변화와 그로 인한 재앙을 외면할 수만은 없는 것이, 그러한 재앙이 전 지구적인 현상이며 우리가 봄, 여름, 가을, 겨울 몸으로 겪고 있기 때문이다. 예를 들어 1910년 9월 3일 한국을 강타한 태풍 '곤파스'는 우리가 기억하는 한 유례없이 강력한 것이어서, 그날 새벽 우리는 창문이 모두 깨져 속절없이 태풍의 한가운데에 노출된다는 공포를 느끼며 앉아 있었는데, 실제로 아파트의 고층에서는 유리창이 깨지고 날아갔다는 것을 나중에 알았고 거리에 흩어져 있는 유리 조각들을 보고 확인할 수 있었다던지, 올해(2011년) 1월 한 달 동안 계속된 한파 같은 것들. 물론 근년에 지구에 빈번히 일어난 폭우, 폭설, 혹서, 혹한 그리고 그로 인해 생태계가 겪은 홍수, 가뭄 및 그로 인한 토양 유실, 생활 터전 상실, 대량 사상 등에 관해 우리는 알고 있으며 바로 지금도 세계 도처에서 그러한 재앙이 일어나고 있다. 그러니까 기후 변화로 인한 재앙은 남의 일이 아니며, 나라, 인종, 종교, 이념, 민족 따위들을 뛰어넘어 인류가 마음을 합해 대처해야 할 일인 것이다.

**2**

러브록 같은 지구생리학자는 인간에 의한 생태계 오염과 훼손의 정도는 가이아가 자기조정능력을 발휘할 수 없을 정도여서 이미 손을 쓸 수 있는 시기를 놓쳤다고 경고한다. 그렇기는 해도, 내 생각으로는 이제 지상의 모든 생물의 생존을 위한 조건 중 가장 중요한 것인 지구의 건강 상태에 깊은 관심을 갖고 있는 사람들이 바라는 것은 '절제'인 것 같다. 인간이 자기들의 생명 유지에 필요한 만큼만 취한다는 그 절제는 이 행성에 일어나는 자연재해의 원인인 모든 '과잉'과 반대되는 것으로서, 생산 과잉, 소비 과잉, 인구 과잉, 과잉 이윤 추구, 과잉 자원 개발 등에 제동을 거는 마음의 움직임이기 때문일 것이다.

각자 하는 일이 남에게 어떤 영향을 미치느냐는 것이 궁극적으로 그 인간과 일의 가치를 결정하는 것이라면, 자신의 지나친 욕심의 통제는 '나'라는 존재의 가치를 매우 중요한 차원에서 스스로 확보하는 일이 된다. 그도 그럴 것이 그러한 태도는 나 아닌 존재들에 대한 배려의 소산이며, 내가 있기 위해 나보다 우선하는 것이 무엇인가에 대한 성찰에서 나온 것이기 때문이다.

그리고 그것이 꼭 윤리적인 것만은 아니다. 가령 나보다 먼저 있었던 자연에 관한 정보와 지식으로, 경이로움 속에서, 어떤 깨달음이나 통찰을 얻을 수도 있는데, 내가 겪은 것을 예로 든다면 한 천문학적 발견과 관련이 있다.

1993년 7월 18일자 『LA타임스』에서 나는 다음과 같은 기사를 읽었다.

은하수 너머 머나멀리, 여기서 천이백만 광년 떨어진 데서 초신성(超新星)이 지금 폭발 중인데, 폭발하면서 모든 별들과 은하군(銀河郡)의 에너지 방출량의 반에 해당하는 에너지를 방출하고 있다.

지구 은하계 너머, 나선형 M-81 은하계에서 발견된 특히 빛나는 이 초신성 1993J의 크기는 지구가 속해 있는 태양계만 한데, 폭발하는 별은 죽어가면서도 삶을 계속하고 있다. 그건 다른 별들을 만드는 물질을 분출할 뿐만 아니라 생명 바로 그것의 구성 요소들을 방출하기 때문이다.

우리 뼛속의 칼슘과 핏속의 철분은, 태양이 생겨나기 전에, 우리 은하계에서 폭발한 이 별들 속에 들어 있었던 것이다.

읽고 나서 나는 은하계의 운동에 비교함 직한 감동의 소용돌이 속에서 한참 앉아 있었는데, 내 뼛속의 칼슘과 핏속의 철분의

나는 나 바깥에서 왔다

원천이 별이라는 이야기를 듣는 순간 나는 반짝이기 시작했고, 모든 인간이 반짝였으며, 우리는 모두 별이고, 어린 시절에 외웠던 별 하나 나 하나는 동화적인 이야기가 아니라 사실이며, 가령 불교에서 말하는 삼천대천세계가 바로 이 몸속에 있고, 모든 생물체의 몸도 마찬가지며, 삼세(三世)가 한 몸을 꿰뚫고 흐르고 있다는 느낌과 생각이 동시에 소용돌이치는 비전이었던 것이다.

그런데 그러한 대우주적 비전 못지않게 소우주의 활동 역시 우리를 생명 연계의 무한 앞에 세워놓는데, 가령 미생물, 곰팡이, 벌레, 변형균류 등 토양에 사는 생물들이 자연 생태계를 유지하는 데 필요한 일을 거의 도맡아서 한다든지, 우리 몸을 구성하는 수십억 개의 세포 하나하나에 들어 있는 미토콘드리아라는 소기관이 발전소 역할을 한다는 등의 생물학적 정보가 그렇다.

나는 애초에 나 자신이 만든 게 아니라는 사실, 나는 나 바깥에서 왔다는 사실을 실감할 때 우리는 자기 바깥에 대하여, 생물에서 무생물에 이르는 다른 존재에 대하여, 그것들이 내 존재의 근원이며 육친과 같은 느낌에 싸이게 된다.

예를 들자면 한이 없겠지만, 하나 더 들면 바다에 사는 플랑크톤 에밀리아니아 혹슬레이아이Emiliania huxleyi는 나와 한 몸인데, 그 이유는 그것이 구름의 씨앗인 황화메틸을 만들어내기 때문이다. 말할 것도 없지만, 구름은 비를 내려, 햇빛과 함께, 지상의 생명을 키우니 구름이나 플랑크톤은 내 몸의 기원들이다. 하늘에 떠 있는 구름을 우리가 두 눈으로 바라볼 때 우리는 우리 몸의 기원을 바라보는 것이며 나와 플랑크톤은 원래부터 사실적으로 구별할 수 없는 것이다. 생명의 기원을 연구하는 사람들이 인간의 기원을 바다의 거품이라고 말할 때, 그것은 시적 상상력을 자극하는데, 어떤 사실들은 그런 일을 한다. 신화에서 아프로디테가 바다의 거품에서 태어났다고 하듯이 어떤 사실들은 미적 상상의 원천이며 진리의 모태가 되기도 한다.

어떻든, 나는 나 바깥에서 왔다!

### 3

기후 변화 때문에 지구와 인류 사회가 겪는 재앙의 빈도가 높아지면서 생태계의 건강 상태에 대한 관심도 높아지고, 또 중병에 걸렸다고 하는 지구를 위해서 각자 자기가 할 수 있는 일이 무엇인지에 대해 생각하는 사람들이 많아지리라 기대해보지만, 누구보다도 기업인과 정치인 들의 의식의 변화가 중요할 터다. 기후 변화의 주요 원인인 탄소 연료 사용 감축은 그들의 결정에 달려 있으며 대체에너지를 위한 연구와 기술의 발전도 그들이 앞장서서 노력해야 하기 때문이다.

그런데 돈이나 권력은 인간의 정신이 온당하게 움직이는 걸 방해하거나 마비시키는 성질이 있어서, 가령 기업인들이 이익 실현에서 맛본 재미에서 벗어나기는 쉽지 않을 터고, 또 기존 조직의 관성에서 벗어나기도 쉽지 않을 것이다. 물론 많은 사람을 먹여 살린다는 순기능도 있고 그리하여 생존 차원의 자부심도 있을 터다.

　그러나 이제는 기업들도 기후 변화로 인한 재앙의 심각성에 눈을 뜨고 있고, 예술과 인문학 등 문화에 대한 관심을 가지면서 '그린green'이라는 말을 붙이는 경영 전략이 늘어나고 있기도 한데, 가이아에 대한 배려가 기업에도 이롭고, 지구를 살려야 그 주민인 인간도 산다는 당연한 사실에 대한 깨달음이 생산자/소비자 모두의 마음을 움직여 자연의 회생을 위한 크고 작은 실천을 하게 하는 일이 중요할 것이다.

　'자각'이 생사가 걸린 도약의 계기라는 것은 개체에게나 전체에 있어서나 틀림없는 사실인데, 말할 것도 없이 자각은 우리에게 끊임없이 닥치는 재난을 완화시키거나 방지하는 데 필수적인 마음의 움직임이기 때문이다. 그리고 지구의 위기의 심각성을 먼저 깨닫고 경고한 사람들이 기후를 비롯한 자연 생태 연구자와 운동가 들이라고 생각되는데, 그들보다 먼저 그 심각성을 직관적으로 느끼고 경고한 사람이 없지 않겠으나, 역시 과학적 연구 자료가 갖는 구체성의 설득력은 크다고 할 수 있다. 예를 들어 기온 상승, 해수면 상승, 살림 훼손 면적, 에너지, 물, 식량, 인구 등의 문제를 이야기할 때 제시하는 숫자의 위력은 대단하지 않은가. 숫자가 의식을 바꾸는 경우다.

　그런데 숫자를 비롯한 구체적인 자료의 즉각적인 효과는 그것을 받아들이는 쪽이 그것이 뜻하는 바를 잘 느낄 수 있어야 한다는 전제를 필요로 한다. 다시 말해서 그의 정신이 공부와 훈련을 통해 그러한 문제에 민감하게 반응할 수 있는 자질을 갖추고 있어야 한다는 애기다.

우리가 나고 죽는 이 땅, 모든 생명체의 유기적 테두리, 나보다 먼저 있었고 내가 없어진 뒤에도 계속 있을 크고 넓은 테두리, 나 바깥을 향해 움직이는 정다움, 물이나 바람처럼 다가가는 정다움, 바깥 사랑……

그러한 마음의 움직임이 봄날의 아지랑이처럼 피어오르는 게 보이는 시가 있는데, 아메리카 인디언 시인 모리스 케니(Maurice Kenny, 1929~)의 「제1법칙」이라는 작품이다.


돌들은 벽이 아니라 먼저 원을 만들어야 한다

열려 있어, 새로운 풀과 언덕 들

키 큰 소나무들과 강을 들일 만큼 넓어지고

잡초, 느릅나무, 물새를 비추는 태양처럼 넓어지도록;

제일 중요한 건 돌로 원을 만드는 것

거기서 발자국들은 바람에 지워지고

노인들과 이리들이 편안히 잠자고

아이들은 게임을 하고

원하면 눈송이를 낚아챈다;

말이 먼저 있어서는 안 된다


여름이 봄이 될 때

애벌레는 나비가 되고

원을 위한 새로운 풀들을 찾을 것이다;

연못에 잔물결을 일으키고

물거미의 날개가 닿으면서

자란 것;

말이 먼저 있어서는 안 된다


그것이 넓은 원을 만드는 돌들과 함께

시작하는 법

저습지 금잔화는 활짝 피고

매는 쥐를 잡고

사내아이들은 언덕을 오르고

태양 아래 앉아

독수리 날개와 영양(羚羊)을 꿈꾼다;

말이 먼저 있어서는 안 된다


　사실 같은 내용이라도 어떻게 말을 하느냐에 따라 그 효과는 다르다. 지구와 인류 사회의 문제를 다루는 과학자의 글이나 강령이 그 구성원의 각성과 계몽에 기여한다고 한다면 예술 작품은 감상자의 무의식에 스며들어 그 영혼의 체질을 자연스럽게 변화시킨다고나 할까. 사안의 중요성에 비추어 우리의 전방위적인 노력이 필요한 것이지만, 시적 표현이나 다른 예술 분야의 표현 방식은 그 고유한 힘을 갖고 있다는 얘기다.

언어는 인류 사회가 더 나은 쪽으로 가도록 부추기는 도구이기도 하지만, 다른 한편으로는 그것이 인간만이 사용하는 도구이며 나와 다른 존재의 간격을 넓히고 대상화하는 것이라는 전언을 "말이 먼저 있어서는 안 된다"는 구절에서 읽을 수도 있는데, 작품에 등장하는 자연과 생물들은 인간의 규정을 넘어서 그들 고유의 가치와 아름다움을 지니고 있기 때문이다.

아무리 좋은 말이라도 그 표현 방법이 상투적이면 효과는커녕 오히려 혐오감을 불러일으키며, 또 추상적인 표현도 그 효과를 반감시킨다. 예컨대 "존재의 크나큰 연쇄"라든지 "천지가 나와 한 뿌리요 만물이 나와 한 몸이다"와 같은 말은 진리임에 틀림없고 생명의 공생관계를 간명하게 요약하고 있지만, 그 말들이 나의 피가 되고 살이 되는 육화 작용에서는 "돌들은 벽이 아니라 먼저 원을 만들어야 한다/열려 있어, 새로운 풀과 언덕 들/키 큰 소나무들과 강을 들일 만큼 넓어지고/잡초, 느릅나무, 물새를 비추는 태양처럼 넓어지도록"이라는 표현과 그 뒤로 이어지는 생명 활동의 묘사에 비해 효과가 떨어진다. 예술 작품에서 받는 감동에 의한 변화는 좀더 근본적이요 전신적(全身的)이라고 할 수 있다.

물론 산문도 그 문장에 따라, 즉 어떻게 썼느냐에 따라 그 효과는 아주 다르다. 여담이지만 산문의 경우, 글의 종류에 따라 다르겠지만 뭉뚱그려서 얘기하자면, 모든 글에는 생각과 감정이 들어 있으므로, 그 생각과 감정이 얼마나 맑고 밝은 원천에서부터 나왔느냐, 그 동기에 불순하거나 수상한 게 없느냐, 감동을 위해 필수적인 진정성이 얼마나 어리석음에서 멀리 있느냐, 상투성에 대한 혐오의 정도가 어느 정도냐…… 등, 비슷한 말을 조금씩 다르게 얘기한 것 같은 그러한 조건의 충족 정도에 따라 다를 터인데, 이것은 물론 시에서도 마찬가지다.

어떻든 우리가 사는 동안 개인적인 난경에서부터 국가적인 난경 그리고 세계적인 난경을 동시에 겪게 마련인데, 예컨대 기후, 식량, 에너지, 질병 같은 것들의 문제는 개인/국가/세계를 구별할 수 없는 공통의 문제이며 또한 정치, 경제, 과학, 군사 활동들이 지구 환경을 결정하는 주요 요인이라고 한다면 다른 예술들과 함께 문학이 할 수 있는 일은 무엇인가에 대해 생각해보게 된다.

꼭 생태−환경의 문제가 아니더라도 가치 있는 작품은 '나'에 갇혀 자족적인 재주 부리기나 하는 게 아니라 "잡초, 느릅나무, 물새를 비추는 태양처럼 넓어지는" 말하자면 '바깥을 향한 사랑'이 들어 있는 것일 터다. 햇살은 어원상 '확장되다'라는 말에서 유래하여 '확장자들'이라는 뜻을 갖고 있다고 하는데, 벌써 짐작하였겠지만 햇빛은 그 열로 만물을 키우고 그 빛으로 세상을 밝게 하여 생장과 밝음의 원천이므로 '확장'이며, 자기 자신의 소진이 가령 명성 따위를 위한 것이나 남을 이기기 위한 것이 아니라 바깥을 살리기 위한 것이므로 진정한 '확장'이다.

그러니까 영토 확장, 세력 확장, 기업 확장 따위들과 아주 다

른 확장이다. 정치나 경제도 이익이나 권력에만 집착하여 평생
제정신인 때가 단 몇 분이라도 있었는지를 생각해보며 햇빛에서
위대한 확장 정신을 배우는 것도 나쁘지 않을 것이다.

　예술 작품의 수용자에 대한 작용이 전신적이라는 말을 했지만
바깥 사랑이 한 본능이어서 자연 만물과 솔기 없이 이어져 있는,
아니 그것들과 그냥 한 몸인 시인이 있는데, 그런 시인의 작품에
서 우리는 "만물을 생성하는 원초적 힘"(헤시오도스Hesiodos)인 에
로스의 현현을 본다. 역시 아메리카 인디언 시인 사이먼 오르티
즈(Simon J. Ortiz, 1941~)의 「너를 보며」라는 작품이다.


　　나는 너를 본다.
　　네 어깨로
　　따뜻해진
　　부드러운 비탈에서
　　내 눈은 감겨 있다.
　　네 피가
　　내 뺨을 톡톡
　　두드리는 걸 나는 느낄 수 있다.
　　내 마음속에서 나는
　　네 계곡들의 부드러운
　　움직임을 보고,
　　천천히 굽이치는


　　　　　　　　　　　　　　　　나는 나 바깥에서 왔다

파동을 본다.

눈을 뜨면

네 숨결에 따라

오르내리는 아름다운 동떨어진 산.

거기 가늘고

아주 작은 양치류가

자라고, 나는

숨으로

그것들을 움직일 수 있다.

네 피부로 다가가는 내

피부로 나는 너를 본다.

나는 너를 잘 알고 있었다.


　부드러운 비탈은 네 어깨로 따뜻해져 있는데, 어깨는 또한 몸의 비탈이다. 바깥의 계곡과 네 몸의 계곡은 어디까지가 네 몸이고 어디까지가 바깥인지 구별할 수 없게 이어져 굽이쳐 흐르고 산은 네 숨결에 따라 오르내린다! 나는 내 숨으로 저 건너 아주 작은 양치류를 움직일 수 있다.

　에로스의 숨결로 가득 차 있다. 플라톤Platon에 따르면 에로스는 우리들에게서 서로 낯설게 느끼는 감정을 없애주고, 서로를 한 식구처럼 친근하게 느끼는 감정으로 채워준다. 에로스는 사랑을 통해 육체적으로나 정신적으로 아름다움을 생산해내며, 항상 아름다운 것을 사랑한다. 에로스는 아름다운 것을 사랑하기 때문에 필연적으로 지혜를 사랑하며 조화의 원리가 된다.

인간이 아름다운 것을 사랑할 때 그는 자연을 개발 대상이나 이용 자원으로만 보지 않고 그 형태와 색깔과 움직임의 아름다움에 매료된다. 에로스가 "절제에도 폭넓게 관여한다"고 하는데, 그렇다면 자연에 대한 그러한 태도는 아름다움에 대한 사랑이 물욕을 능가하는 것이라고 할 수 있겠다.

천지의 조화가 깨진 지구─환경의 위기가 인간의 과도한 물질적 욕망에 기인하고, 아름다움에 눈을 뜨는 것이 그러한 맹목적 과도함에서 벗어나는 계기가 된다면, 인류 사회에서 예술과 예술교육의 필요성은 증대된다고 할 수 있다. 미의식도 공부와 훈련을 통해 증진되는 것일 터이고, 또한 어떤 일이든 우리가 알고 느끼고 판단하는 전 과정이 한껏 아름다울 때 비교적 살 만한 길을 겨우겨우 찾아갈 수 있을 터이기 때문이다.


**4**

그런데 자연 생태 못지않게 중요한 것이 마음의 생태일 것이다. 사실 지구 환경을 망쳐놓은 것도 인간의 마음이요 문제의 심각성을 알아차린 것도 마음이며 해결하려고 노력하는 것도 마음이다.

생물의 차원에서나 사회의 차원에서나 인간이 이 세상에서 살아가는 그 존재의 최소한의 정당성은 인간이 겪는 여러 가지 고

나는 나 바깥에서 왔다

통과 수난을 완화하거나 해결하려는 노력에 공감하고 참여하는 것일 터인데, 그렇기는커녕 고통과 수난의 원천이 되는 경우가 있다. 그리고 그중에서 제일 나쁜 경우가 권력을 폭력적으로 행사하는 국가나 정치권력이다.

나는 한국에서 글을 쓰는 사람의 하나로 한반도 분단 체제가 만들고 있는 심리적 분위기 속에서 살아왔는데 평화기금과 카네기 국제평화재단이 조사·분석하고 2006년 『포린 폴리시*Foreign Policy*』가 발표한 20개 실패 국가에 들어가 있는 북한의 자국민에 대한 탄압은 물론, 같은 민족이며 이웃인 한국에 대한 위협에 대해 이야기하지 않을 수 없다.

북한의 참담한 현실에 대해서는 이미 많이 알려져 있고, 국민이 굶어 죽는데도 핵과 미사일 개발을 계속하면서, 한반도 평화를 위해 그들을 도우며 공존을 모색하던 대한민국을 향해 천안함 폭침과 연평도 포격이라는 군사 도발을 한 사실도 잘 알려져 있다.

참으로 한반도의 평화를 원하고 그들을 도울 준비가 되어 있는 남쪽을 향해 사람으로서 최소한의 양식이라도 있다면 차마 하지 못할 폭언과 군사 도발을 하는 이유가, 어떻게 오늘날 그런 일이 있을 수 있을까 싶은 왕조 독재 체제의 유지를 위해서라는데, 그런 짓을 하는 그들이 그동안 자동인형처럼 살아온 정신—언어 환경이 스스로를 몰락시킬 만큼 회복 불능 상태로 병들어 있었다는 것을 잘 보여준다.

그레고리 베이트슨Gregory Bateson이라는 학자는 그의 책 『마음의 생태학』에서 생태계 종(種)의 잘못된 단위와 분류, 사람과 자연의 대치 상태가 가져오는 결과 등을 이야기하는 가운데 다음과 같은 말을 하고 있다. "마치 잡초들의 생태계가 있듯이 나쁜 생각들만 통용되는 생태계도 있으며, 그 체계의 특성은 기본적 과오가 자체 번성하는 것이다."

위의 말은 가령 정치의 권력투쟁이 맹목적이거나 기업의 이윤 추구가 과도할 때 어느 나라 어느 집단에도 다소간 적용될 수 있겠고, 또 가령 이념 대결에서 자폐적 고정관념에 갇혀 단어의 뜻이 모호하거나 공허한데도 불구하고 앵무새처럼 되뇌는 바람에 그 사용 빈도에 마취되어 그게 마치 목숨 걸고 지켜야 할 진리인 양 이상하게 안주하는 경우에도 적용될 수 있겠다. 특히 이러한 경우들은 북한 권력집단에 맞아떨어지는 말로 보이는데, 그들이 있는 곳은 "나쁜 생각들만 통용되는 생태계"인 듯하며 "기본적 과오가 자체 번성하는" 곳인 듯하기 때문이다.

개인이든 집안이든 국가이든 그러한 상태에 있는 이웃과 더불어 산다는 것은 아주 괴로운 일이니 북한과 붙어서 살고 있는 남한 사람들의 스트레스는 지구상의 다른 지역 사람들은 알 수 없는 불행한 정신 환경이라고 할 수 있다.

어떻든 분명한 것은 자폐적 정신질환의 징후이며 자체 번성하는 과오의 결과라고 할 수 있는 지나친 호전성에서 북한은 하루 빨리 벗어나야 한다는 것인데, 왜냐하면 그들이 그렇게 할 이유

나는 나 바깥에서 왔다

가 전혀 없기 때문이다. 그들이 자기들에게 손해일 뿐인 군사 도 발을 하지 않는다면 한국도 미국도 그들을 공격할 의사가 없으 며, 그들이 핵을 포기하고 진정으로 대화를 하고자 한다면 한국 도 미국도 그들을 도울 준비가 되어 있다는 것이 그동안 되풀이 해온 이야기이기 때문이다.

뻔한 얘기지만 되풀이할 수밖에 없는 말은, 한반도의 주민으 로서는 여전히 절실한 정언명령—전쟁은 하지 말아야 한다는 것이다.

튼튼한 안보가 평화의 전제조건이라는 것 또한 뻔한 얘기지 만, 우리는 각자 자기가 하는 일에 충실하는 한편 평화를 위한 공 동의 염원도 각자의 마음속에 불씨처럼 깃들어 있기를 바라는데 그러한 마음이 평화를 위한 정신적 환경, 말하자면 평화의 대기 (大氣)를 만들 터이기 때문이다.

뿐만 아니라 공존이든 통합이든 그 과정이 평화롭게 진행되게 하기 위한 실질적인 노력의 하나로 양쪽 모두에게 손해가 없을 DMZ생태평화공원 조성 및 지정을 UN과 함께 남북이 적극적으 로 추진해서 아시아와 한반도 평화를 위한 보루요, 상징으로 만 든다면 세계인의 감탄과 사랑을 받는 지역이 될 것이고 대대손 손 우리의 자랑이 될 것이다.

DMZ의 생태에 관해서는 전문가들의 조사가 진행돼왔고 신 문들이 특별기획으로 취재를 해서 소개한 바 있는데, 궁예도성 성터 근처에 있는 저수지 '황금보(黃金洑)'를 찍은 사진을 『조선

일보』 2010년 6월 22일자에서 보는 순간(그 물은 햇빛을 받아 하얗게 빛나고 있었고 오른쪽에는 갈대, 왼쪽에는 수색대원들이 훈련을 하고 있었다) 나는 그 물이 양수(羊水)라는 생각이 번개처럼 들었다. 평화를 낳을 양수, 한반도의 주민에게 새로운 하늘이 열리는 전혀 새로운 삶을 낳을 양수, 평화로운 삶을 통해서만 얻을 수 있는 질적으로 전혀 다른 삶을 시작하게 할 양수…… 햇빛을 받아 하얗게 반짝이는 그 물은 한반도 주민에게 전 지역적인 커다란 자각을 독촉하는 빛을 반사하고 있었고 60여 년 동안 괴로운 삶을 살아온 우리의 무지와 어리석음에서 일거에 깨어나기를 재촉하는 빛을 몸과 마음에 쏟아붓고 있었다.

그 물이 그렇게 느껴진 것은 물론 그동안 되풀이된 테러와 군사 도발 과정에서 육화된 평화에 대한 비원(悲願) 때문일 것이다.

나는 그날 작품을 한 편 썼다.

꿈이지만, 꿈꾸지 않으면 되는 일도 없고, 또 그 꿈의 기운이 마음에서 마음으로 전해져 그게 실현될지도 모르니까.

> 이슈와라에 들어 있는 '덮는 힘'으로부터 이제 '변화시키는 힘'이 나왔다.
> 그것은 세 속성들 중에 동성(動性)의 작용으로 생겨난 '자각'으로 인한 것이었다. 이것에 투영된 것은 황금태(黃金胎)의 의식(意識)이었다. 그 의식은 자각을 가진 것이었으며 그 모습을 드러내기도 드러내지 않기도 하는 것이었다.
> — 파잉갈라 우파니샤드

나는 나 바깥에서 왔다

그렇다, 거기 DMZ에서

황금보(黃金洑)를 보는 순간

아, 저거다! 저건

평화를 낳을 양수(羊水)다!라는 느낌이

전류처럼 지나갔다.

그래서 '황금보'다!


DMZ,

한반도의 크나큰 상처,

유기체를 괴롭히는

막힌 혈관,

산몸을 그 몸의 주인들 스스로

독살하고 있는,

어린애가 봐도 우습기 짝이 없는

어리석음,

비할 데 없는 불행의

원천.

그러나

그곳에 숨어 있는

황금보.

반도의 북쪽 평강고원에서 발원한 물이

모였다가

철원평야로 흘러드는

저수지,

그 물가의 갈대들은

그 물 위로 모두 고개를 숙여

경배하고 있다—

평화의 예감을 향하여,

평화 속에 나타날 새 나라,

제3의 건국을 숨 쉬고 있는

태아의 예감을 향하여,

그런 예감으로 조용히 긴장해 있는

수면,

우리의 양수를 향하여.


그곳의 새들

동물들

풀과 꽃 들

그 어떤 것도

평화의 꿈 아닌 게 없다

두루미와 함께 날아오르는 평화의 꿈

고라니, 산양과 함께 뛰는 평화의 꿈

도롱뇽과 함께 헤엄치는 평화의 꿈

갯메꽃과 함께 피어나는 평화의 꿈

나는 나 바깥에서 왔다

황금보에서 목을 축이고

거기 물로 뿌리를 적시는 평화의 꿈,

그리하여

그것들과 함께

새로운 나라

하나 된 나라가 탄생하는 개벽의 꿈……


양수 황금보의 수면이 빛난다,

마침내 꿈틀거리는 자각과도 같이.

양수 황금보의 수면이 빛난다,

그 자각이 낳을 크나큰 탄생의 신호와도 같이.


DMZ

우리의 자각의 원천,

거기서 마침내

우리가 바라는 나라가 태어날

오 황금태여.


―「황금태 ―남북의 모든 이에게 평화의 씨앗
DMZ 노래를 바침」 전문(『그림자에 불타다』)

# 문학적 공동체
–

**번역에 대하여**

2009년 제3회 세계번역가대회 〈번역
의 질적 향상을 위한 방향 모색〉에서
발표한 글이다.

**1**

모든 일이 다 그렇듯이 번역도— 우리는 지금 문학 작품의 번
역을 이야기하고 있는 것이지만 — 번역되는 작품을 좋아해야
좋은 번역이 나온다. 텍스트에 대한 공감의 정도가 클수록 좋을
터인데, 그것이 '매혹'되었다고 할 정도라면 두말할 나위 없이
좋을 것이다.

매혹의 원천과 마찬가지로 매혹되는 영혼도 아름다운데, 이 영
혼은 자기의 마음을 가득 채운 감동과 즐거움을 다른 사람들과
나누고 싶어하며, 그러한 의식적/무의식적 충동이 '번역'으로 나
타나는 것이라고 할 수 있다. 번역이란 텍스트를 기꺼이 반복해
서 읽는 행위이며 또한 베끼거나 '다시 쓰는' 행위이기도 하다.

이렇게 개인적인 감동에서 출발한 번역은 공동체의 정신과 감

정을 풍요롭게 하는 데 기여한다. 어떤 넓고 깊은 정신과 아름다운 감정의 번역은 말할 것도 없이, 번역자를 자국어의 감옥에서 해방하고, 역자와 함께 그 번역을 읽는 사람들을 '나'라는 감옥에서 해방한다.

인간의 정신은 죽을 때까지 성장하고 상승해야 하는 것인데, 번역이 그러한 상승과 성장을 돕는다는 점에서, 그것은 교육적/계몽적인 활동이다. 우리는 평생 번역된 작품을 읽고 있지만, 특히 청소년 시절을 돌이켜보면 번역의 계몽적 미덕을 잘 알 수 있다.

생래적으로 몽상적이었던 나의 청소년 시절, 문학 작품이나 철학적 기술 그리고 음악, 무용, 미술, 영화 등의 예술을 좋아하면서, 그러나 그러한 것들을 향유할 수 있는 기회나 조건은 아주 척박한 환경 속에서, 예술적, 지적 갈증을 다소간 채워준 것은 빈약하나마 번역을 통해서였다. 1950년대와 1960년대 가난한 나라의 어두운 삶 속에서도, 사춘기 특유의 생리인 꿈 때문에 우리의 마음은 가난한 법이 없었는데, 번역을 통해 특히 서양의 문학 작품을 읽으면서 마음은 부풀어 올라 상상적 풍요 속에 헤엄쳤던 것이다. 예를 들어 바이런, 하이네, 셸리 등의 연애시, 보들레르의 『악의 꽃』, 릴케의 시와 산문 들, 헤르만 헤세, 그리고 고등학교에 진학하면서는 실존주의 문학과 철학에서부터 지적 세례를 받는 한편 에머슨의 에세이에 심취한 일 등. 또 다른 예를 하나 더 들자면, 역시 사춘기 특유의 이상주의적 성향 때문이었겠지만, 위대한 영혼들에 대한 나의 뜨거운 관심을 다소간 충족시킬 수 있었던 것은 로망 롤랑Romain Rolland의 전기들을 통해서였다. 롤랑이 위대한 영혼들에 매혹된 영혼이었다는 건 다 아는 사실인데, 그때는 베토벤과 톨스토이의 전기가 번역되어 있었다. 그리고 전기는 또한 그것이 그리는 초상화의 주인공의 생애를 전기작가의 언어로 번역하는 것에 다름 아니다.

어떻든 상상적 풍요의 압도적인 지배 속에서, 그야말로 꿈속에서 노닐었으니, 보들레르의 뛰어난 독서론인 「연인들의 술 Lovers' Wine」의 공간에서 헤엄치고 있었다고 할 수 있다.

오늘 공간은 찬란도 하다,
재갈도 박차도 고삐도 없이
술을 타고 떠나자꾸나
거룩한 선경(仙境)의 하늘을 향하여!

달랠 길 없는 섬망(譫妄)에
시달리는 두 천사처럼
수정처럼 맑고 푸른 아침에
아득한 신기루를 따라가자꾸나!

슬기로운 회오리바람의
날개 위에 두둥실 흔들리면서,

너와 나 똑같은 광희(狂喜) 속에서,

누이여, 나란히 헤엄치면서
한시도 쉬지 말고 날아가자꾸나
내 몽상의 천국을 향하여!


그러니까 '술'을 '책'으로 바꿔 읽으면 틀림없는 독서론이라는
것인데, 특히 젊은 시절의 독서가 그렇다.

앞에서 번역이 교육적/계몽적 활동이라는 얘기를 했지만, 번
역을 통해서 우리는 인간의 정신과 감정이 그 가능성과 다양성
에서 무한하다는 것을 체험하며, 인종, 언어, 역사, 문화가 달라
도 즐거운 사귐과 열린 접촉이 얼마든지 가능하며 '문학적 감동
의 공동체'를 만들어갈 수 있다는 것을 알 수 있다.

이러한 우리의 느낌은 옥타비오 파스의 다음과 같은 말에서도
확인할 수 있다.


번역은 문명된 활동인데, 그것은, 모방과 마찬가지로, 모범적
이고 유례없는 것에 대한 존중에서 태어나기 때문이다. 그 뿌리는
윤리적이며 미적이다. 존중은 배제하지 않고 오히려 충실성을 요
구한다. 예를 들면 불경과 힌두경전의 중국어 번역 및 티베트어 번
역. 그러므로 번역은 또한 문명화하는 활동이다: 그것은 우리에게
타자의 이미지를 보여주며 그리하여 세계는 우리 자신에게 끝나지

않는다는 것, 따라서 인간 각자는 인류라는 것을 깨닫게 한다.

(*Convergences*, translated by Helen Lane, San Diego:
Harcourt Brace Jovanovich, 1987, p. 213)

**2**

외국에 가서 작품 낭독을 해본 시인이나 소설가 들은 '문학적 감동의 공동체'라는 말이 이상하지 않을 것이다. 낭독이나 번역이 의사소통communication의 한 형태이겠으나 시의 경우 그것은 일종의 영교(靈交, communion)라는 것을 나는 낭독과 번역을 통해서 경험하였다.

예컨대 1987년 1월 인도 보팔에서 네루 탄생 1백 주년 기념 세계 시 페스티벌이 있었는데, 인도 전역에서 벌어진 여러 행사 중의 하나였다. 그 시 축제에는 스티븐 스펜더(영국), 니카노르 파라(칠레), 토마스 트란스트로머(스웨덴), 수팅(중국) 등 20여 명과 하르바잔 싱을 비롯한 여러 명의 인도 시인이 참여했는데, 각자 한 시간 동안 낭독과 질의응답을 하는 방식으로 1주일간 진행되었다. 각 시인들은 물론 자국어로 낭독하고, 영역과 힌디어 낭독자가 한 사람씩 합류해 세 사람이 한 조를 이루어 진행되었는데, 나의 영문 번역 및 낭독 파트너는 다니엘 와이스보트였다. 나중에 알고 보니 이 사람은 영국의 잘 알려진 번역가/시인으로 전후 중부 유럽 및 동유럽 시인들의 작품을 번역하여 『The Poetry of Survival』이라는 제목으로 펭귄 출판사에서 책을 낸 사람이었고

127                                        문학적 공동체

또 1974년 아이오와대학 국제창작 프로그램에 나와 함께 참여했던 핀란드 출신 미국 시인 안셀름 홀로의 핀란드어 작품을 번역하기도 한 사람이었다.

주최 측 설명으로는 인도 전역에서, 말하자면 지적 엘리트들을 청중으로 초청했다는데, 아닌 게 아니라 질문의 내용과 태도가 아주 세련돼 보였다. 5백 명쯤 되는 청중들은 참가 시인들의 낭독이 끝날 때마다 박수를 아끼지 않았는데, 흥미롭게도 3·3·7 박자로 일사불란하게 장내가 떠나가도록 쳤다.

나의 작품에 대해서는 특히 「섬」이라는 두 줄짜리 시에 열광하는 것을 보면서, 언어는 달라도 사람의 마음이 느끼는 것은 다르지 않다는 것, 나라가 달라도 어떤 이미지에 대한 상상적 공감은 똑같다는 것, 그리고 그것이 번역을 통해서 가능하다는 느낌에 잠겼다. 사람은 어떤 나라의 국민이기 전에 먼저 하나의 인간이며, 인간의 실존적 조건은 비슷하기 때문에, 그러한 조건의 산물인 문학 작품은 공감을 얻을 수 있다. 다시 말하여 인류의 보편적인 꿈 ── 참된 것과 아름다운 것에 대한 지향들이 서로 반향하면서 힘을 얻고, 그러한 메아리가 대위법적 상승 작용을 하면서 정신적/정서적 음악을 만들어내는 일이 번역을 통해서 가능한 것이다. "시는 혼자서가 아니라 여럿이서 만들어야 한다Poetry must be made by all, not by one"고 로트레아몽Comte de Lautréamont은 말했다고 하는데, 번역을 통해서 시는 독백에서 대화로 넘어가고 단성음악monody에서 다성음악polyphony으로 넘어간다.

모든 작품은 번역을 통해서 인류의 공동 자산이 되는데, '나'는 인류라는 바다 속으로 스러지며, 익명성 속으로 사라지면서 전지구적인 정신/정서의 지층 또는 의식/무의식의 지층을 만든다고 할 수도 있다.

그렇게 되는 과정에서 일어나는 일이 앞에서 얘기한 영교요, 감동의 메아리의 반향들 속에서 서로를 듣는 마음의 공동체라고 할 수 있는데, 그것은 보이지 않으나 몸과 주거의 거리를 뛰어넘어 그리고 생사의 경계도 뛰어넘어 존재하는 자장이며 영혼의 대기라고 할 수 있다. 다시 말해서 그러한 움직임은 항상 바람 소리와도 같은 속삭임의 공간, 실체보다 더 강력한 그림자의 공간을 만들어낸다.

**3**

나는 그동안 네루다의 작품들과 페데리코 가르시아 로르카 Federico Garcia Lorca의 작품들을 영어에서부터 번역했고, 한편 나의 작품은 영어, 독일어, 러시아어, 스페인어, 불어 등으로 번역되기도 했는데, 그 과정에서 경험하고 느낀 것들을 몇 가지 얘기해볼까 한다.

특히 시의 번역은, 번역자의 상상력과 감수성, 언어 감각 따위들이 원작자와 비슷한 수준이어야 좋은 결과를 얻을 수 있다는 것이 나의 변함없는 생각이다. 창작하는 데 있어서 시인의 마음 안팎의 체험의 육화가 절대적으로 중요하듯이, 번역에서도 번역되는 작품의 이미지나 표현 방식에 전적으로 찬동하면서 그 작품의 숨결조차도 자세히 느낄 때 이루어지는 육화는 매우 중요하다고 할 수 있다. 그러나 그러한 육화는 번역자에게도 시인 못지 않은 시적 재능을 요구하기 때문에 쉽지 않은 일일 것이다.

영역된 나의 작품 중에서 「달도 돌리고 해도 돌리시는 사랑이」를 예로 들어볼까 한다.

I see myself reflected
in her eyes

I am blinking
between man and landscape

When I am a man
I am galloping wildly

When I am a landscape
I am just a lone tree

The love that spin the moon and sun
also spins our pupils

She sees herself reflected

in my eyes.

(Translate by Won-chung Kim and Mi-jin Kim)

이 작품에서 첫 연의 원문은 "한 처녀가 자기의 눈 속에서/나를 내다본다"이고 마지막 연의 원문은 "한 남자가 자기의 눈 속에서/처녀를 내다본다"이다. 완전히 다른 말이 되어 있다는 걸 알 수 있을 터인데, 원문의 이미지와 표현 방식 그리고 그것에서 나오는 효과가 완전히 증발해버린 산문이 되었다. 한 처녀나 한 남자는 대상을 그냥 바라보는 게 아니다. 그들은 각각 "자기의 눈 속에서" "내다본다". 말하자면 각자의 눈 속에 있는 것은 상대방이 아니라 자기 자신이다. 이 이미지는 우선 '숨어서' 보고 있음을 말해주며 그래서 '내다보는' 것이다. 또한 자기의 눈 속에서 내다본다는 것은 전신적(全身的) 행위이기도 하다. 그러한 효과가 제대로 나타나기 위해서는 첫 연은 가령 A maiden look me out/in her eyes로, 그리고 마지막 연은 I look her out/in my eyes 정도로 번역이 되었어야 할 것이다.

이것은 여러 예 중 하나를 보여드린 것이거니와 그러한 실수는 원작자에게 번역 원고를 보여주지 않았기 때문에 생긴 일이다. 그러니까 원작자가 살아 있을 경우, 해독이 어려운 부분은 원작자에게 설명을 들으면서 진행하는 게 좋을 것이다.

우리는 물론 번역이 어느 정도 창작이라는 걸 알고 있고 전혀 다른 언어로 재탄생한다는 걸 알고 있다. 그리고 그런 만큼, 좋은 번역일 경우 번역 작품의 독창성도 인정해야 한다. 그러나 그것은 어디까지나 원작의 해독과 그에 대한 공감에서 나오는 존중과 육화가 있은 뒤의 일일 것이다.

나는 네루다 시를 네 권 번역해서 냈는데, 잘 알려진 『스무 편의 사랑의 시와 한 편의 절망의 노래』(민음사, 2007)도 포함되어 있다. 그 시집에는 「매일 너는 논다Every Day You Play」라는 작품이 있는데, 그 끝 행의 영역은 다음과 같다.


I want

to do with you what spring does with the cherry trees.

(Translated by W. S. Merwin, 1969)


나는 이것을


나는 바란다
샘물이 벚나무와 하는 것과 같은 걸 너와 함께하기를.


이라고 번역했다. 그런데 숙명여대 이형진 교수가 *Journal of Language & Translation* 2008년 9월호에 「중역을 통해 살아남기Survival Through Indirect Translation: Pablo Neruda's Veinte poemas de amor y una canción desesperada into Korean」라는 글을 발표하면서, 'spring'의 스페인어는 단순히

'primavera(봄)'인데 spring이 여러 의미를 갖고 있는 말이기 때문에 '샘물'이라는 번역이 나왔다는 것, 그것은 중역자의 의도된 선택이며, 스페인어의 확정된 컨텍스트가 영역을 통해서 좀더 열린 컨텍스트로 변했다고 썼다. 이형진 교수의 글에서 우리는 대단히 융통성 있고 탄력적인 사고를 볼 수 있고 또 중역자로서는 대단히 고마운 일이지만 나는 즉시 출판사에 연락해서 '샘물'을 '봄'으로 바꾸도록 했다. 그것은 의도된 선택이 아니라 나의 실수였으니까. 나는 네루다가 쓴 단어를 내 마음대로 바꾸고 싶은 생각은 추호도 없었으며, 그래서 그 시집을 완역판으로 다시 내면서 영역의 어떤 부분들을 원문과 대조하여 스페인어 사전에서 더 적절하다고 생각되는 뜻으로 바꾸기도 했는데, 위의 'spring'은 놓쳤던 것이다. 그것도 "샘물이 벚나무와 하는 것과 같은 걸 너와 함께하기를"이라는 구절에 감탄하면서!

그도 그럴 것이, 사랑이라는 게 '봄'이 벚나무와 하는 것처럼 자연스럽듯이 또한 사랑은 '샘물'이 벚나무와 하는 것처럼 자연스럽기도 하기 때문이다. 역자는 무의식적으로 벚나무에게 하는 샘물의 작용이 아주 구체적이고 살가우며intimate 에로틱하다고 느껴 망설임 없이 '샘물'이라고 하지 않았을까 싶다.

그것이 이형진 교수의 말대로 "중역을 통한 의미의 의도되지 않은 확장"이었다면 나의 실수가 어느 정도 보상받는 것이겠지만, 위에서 말했듯이, 나는 물론 '봄'으로 고치라고 했다.

그러나 농담을 한마디하자면, 네루다가 살아 있어서 그 번역어를 보았다면 "그것도 좋다!"고 하지 않았을까.

번역 사업에 종사하는 사람들에게 참고가 될까 하여 또 한 가지 경험을 얘기하자면 2005년 9월에 열린 베를린 문학작업소 Literaturwerkstatt에서 있었던 번역 워크숍에서 있었던 일. 한국에서는 김혜순, 재독 시인 허수경 등 세 사람이 참여했고 독일 쪽에서는 브리기테 올레쉰스키, 론 빙클러, 위르겐 넨차 시인이 참여하였다. 독일 시인 한 사람과 한국 시인 한 사람이 짝을 이루어 세 쌍이 되고, 상대방의 작품을 두 나라 말을 다 잘하는 매개자를 통해 번역하는 작업이었다. 나는 론 빙클러와 짝을 이루었는데 매개자로는 독일로 귀화한 한국 학자가 참여했고 독일 문학을 전공한 한국문학번역원의 윤부한 박사도 번역을 도왔다.

매개자가 두 언어의 작품을 각각 다른 언어로 축자 번역을 하고, 그것을 놓고 토론을 벌인 뒤, 시인들이 상대방 작품을 자국어로 '시가 되도록' 만드는 방식으로 3일 동안 작업을 한 뒤, 마지막 날 저녁에 일반 청중을 대상으로 낭독을 하였다. 3일 동안 약열 편의 작품을 번역했는데, 좀더 많은 작품을 번역하려면 물론더 오랫동안 작업을 해야 할 것이다.

그러한 방식도 참고할 만한 것으로 생각되는데, 번역 자체뿐만 아니라 다른 나라 시인들을 사귀어보는 과정을 통해서 서로상대방 나라의 문학과 문화, 사고방식을 아는 것도 흥미롭고 유익한 일일 터다.

정치, 경제, 종교, 인종적 갈등으로 인한 전쟁과 폭력이 끊이지 않는 이 세계에서 인류 사회의 구성원들은 서로 다른 문화나 삶의 방식 들을 아는 기회가 많을수록 좋다고 할 수 있겠는데, 다른 예술들과 더불어 한 나라의 가장 높은 정신적 표현이며 감성적 색조라고 할 수 있는 문학 작품의 번역을 통한 교류가 더욱 활발해질수록 좋을 것이다. 더구나 문학 언어는 '지배'하려는 의지에서 가장 먼 비억압적인 언어이기 때문에 인류 사회의 평화와 행복 그리고 마음의 아름다운 교감에 의해서 이루어지는 문학적 공동체를 이루어가기 위해서 문학 작품의 번역이 갖는 의미는 매우 크다고 할 수 있다.

　번역은 손님을 환대하는 일이며 그러한 환대는 인류 사회의 분위기를 즐겁게 하는 데 기여할 터니까.

Ⅲ장은 2006년 11월부터 2007년 2월까지 『동아일보』〈정현종 시인의 그림 읽기 코너〉에 연재한 에세이로 구성되었다. 주제가 된 삽화는 생략되었으니 그림을 마음껏 상상하시기 바란다.

# 구름을 살려내기 위하여

—

호더 하더디, 『구름 낀 날』(김영연 옮김, 큰나, 2008)에서

구름은 목화를 닮았다.

엄마는 구름을 끌어다 실을 자아내 재킷을 짜주셨다.

그걸 입으니 나는 아주 가벼워졌다.

—『구름 낀 날』에서

이 작품은 제목도 우울한데, 구름이 잔뜩 끼었는데도 왜 비가 오지 않느냐는 얘기가 계속되어 답답하다가, 엄마가 구름을 끌어다 실을 자아내 자켓을 짜주셨다는 구절 때문에 겨우 살아났다고나 할 그런 작품이다.

그런데 '구름 낀 날'은 우리를 무겁게 하지만 '구름'은 그렇지 않다. 내가 어느 날 여행을 떠나려고 집을 나서면서 '나는 구름을

손에 잡았다'는 느낌에 사로잡힌 걸 보면 구름은 다름 아닌 마음의 돛이요, 또 그 돛에 불어오는 바람의 원천이다. 바다는 구름을 낳고 구름은 바람을 낳고 바람은 돛을 낳고……

그런데 2006년 10월 9일 우리의 뒷마당에서 북한이 핵실험을 한 뒤 구름의 낭만주의는 사라졌다. 구름 하면 얼른 버섯구름이 떠오르기도 하지만, 이쪽 공기에서도 방사성 물질들이 검출되었다니 이제 구름은 우리를 가볍게 하는 게 아니라 무겁게 하고 마음의 돛이 아니라 가위눌리게 하는 악몽이 되었다. 이제 구름은 뭉게구름 새털구름 비구름 하는 식으로 분류되는 게 아니라 방사성 물질을 머금은 크세논구름 크립톤구름 요오드구름 세슘구름 하는 식으로 분류해야 될 모양이다. 우리는 풍경을 몰수당한 것이다. 산이든 강이든 하늘이든……

그러나 이제 풍경을 되찾고 구름을 살려내는 일은 고스란히 우리의 몫이다. 구름을 살려내는 일이 왜 중요하냐는 얘기는 너무 뻔해서 되풀이하고 싶지 않지만 요컨대 구름이 지상의 모든 생명의 근원이기 때문이다. 구름은 실로 우리의 살이요 피에 다름 아니다.

십수 년 전 나는 러브록이 쓴 『가이아의 시대』라는 책에서 식물성 플랑크톤 에밀리아니아 혹슬레이아이가 구름의 씨앗인 황화메틸을 만들어내는 능력이 뛰어나 생물계의 가장 중요한 구성

원의 하나라는 얘기를 읽고 「구름의 씨앗」이라는 작품을 쓴 일이
있는데 거기서 "에밀리양 없이 구름 없듯이/구름 없이 내가 있
어요?/구름을 죽이지 마세요/죽은 구름은 죽은 우리/죽은 구름
은 죽은 하늘/죽은 하늘은 죽은 땅……"이라고 노래한 것이 더
욱 실감을 얻고 있으니 참으로 불행한 일이 아닐 수 없다.

   구름을 살려내어 프랑스 시인 쥘 쉬페르비엘Jules Supervielle의
"구름이 싣고 갈 수 없으리만큼 무거워 보이는 것이란 없네"라
는 구절에서 보는 구름과 같은 구름에 우리가 항상 올라앉아 있
게 되기를 바랄 뿐……

# 정적과 외로움 그리고 침묵

—

크빈트 부흐홀츠, 『그림 속으로 떠난 여행』

(이옥용 옮김, 보물창고, 2005)에서

 

 

정적과 외로움 그리고 침묵으로 가득 찬 그림이 있다. 글 또한 그렇다. 글과 그림에서 느껴지는 그것들은 너무도 생생한 나머지 이 세상에서 처음 만나는 정적이요 외로움이며 침묵 같다.

그것들이 그다지도 생생한 것은 필경 오늘의 세계, 우리가 살아가는 모습과 대조를 이루기 때문일 것이다. 오늘의 세계란 정적 대신 소음, 외로움 대신 그 즉각적인 해소, 침묵 대신 말의 홍수 속에 심신이 멍들고 허우적거리는 세계를 말한다.

이 작품집의 그림을 그린 화가 막스 아저씨는 어느 섬에 살고 있는 '나'의 집 5층으로 이사를 와서 그림을 그린다. '나'는 바이올린을 켜는 아이이고, 막스 아저씨는 해가 지고 어둑어둑해져 그림을 그릴 수 없으면 창가에 서서 '가사 없는' 노래를 부른다.

'나'는 화실의 빨간색 소파에 쪼그리고 앉아 아저씨의 노래에 귀를 기울이곤 했는데, 어느 날 아저씨는 자기가 노래를 부를 때 바이올린을 켜달라고 한다. 그리고 가끔은 노래를 멈추고 바이올린 소리를 가만히 듣는다.

자기 그림을 아무에게도 보여주지 않고 철저하게 감추며, 시선이 늘 먼 곳에 가 있는 막스 아저씨는 어느 날 꽤 오랫동안 여행을 떠나야 한다면서 '나'에게 자기가 없는 동안 꽃에 물도 주고 우편물도 챙겨달라고 부탁한다. '나'는 부두에서 배웅을 하고 돌아와 가슴을 두근거리며 화실의 문을 열어본다. 문은 열렸고 화실은 달라져 있다. 벽을 향해 세워놓았던 그림들이 모두 '나'를 향해 있었다! 그리고 그림 앞에는 연필로 그림에 대해 몇 마디씩 쓴 도화지 쪽지들이 놓여 있었다. 아저씨는 '나'만을 위해 전시를 해놓고 여행을 떠난 것이었다.

'나'는 막스 아저씨가 자기가 없는 동안 그림을 보게 한 이유를 천천히 깨닫는다. 그림에 대해 자기가 직접 설명해주고 싶지 않아서 그랬다는 것을.

어느 날 아저씨는 돌아오지만, 멀리 자기가 살 새집을 마련했다고 하면서 아주 떠나버린다. "예술가 선생님 보고 싶을 거예요"라는 인사말을 남기고. 부두에서 '나'는 말없이 눈을 내리깔고 발만 바라보았고 바닷물은 눈물처럼 짠맛이었다.

겨울이 가고 봄이 왔을 때 막스 아저씨한테서 소포가 왔다. 그게 이 그림이고, 그림 뒤에는 쪽지가 붙어 있었다.

"예술가 선생님, 선생님의 바이올린 선율은 언제나 내 그림 속에 있다는 거 알고 있나요?"

글과 그림의 여운은, 우리의 범종 소리처럼, 끝이 없다. 거기에는 참마음이 들어 있기 때문이다.

그리고 고요 없이는 마음이 없고, 침묵 없이는 참마음이 없다. 마음이 고요하지 않으면 아무것도 알 수 없으며, 말에 침묵의 무한과 거기서 울리는 메아리가 있으면 최상의 말이다.

그리고 고요와 침묵의 샘은 잘 듣기다.

# 숨결과 속삭임
—

하워드 슈워츠, 크리스티나 스워너 그림, 『네가 태어나기 전에』
(정현종 옮김, 큰나, 2007)에서



　이 그림은 한 아이의 탄생 설화를 담고 있다. 태어나기 전에
아이의 영혼이 제일 높은 하늘에 있었는데 천사가 그 영혼을 데
리고 세상으로 내려와 씨앗 속으로 들어가게 했고 그런 뒤 어머
니 속으로 가져간다. 어머니의 자궁 속에서 자라는 동안 『비밀의
책』을 읽어주며 일흔 가지 말과 동물의 말 그리고 바람의 말을
가르치고 아이의 과거와 미래를 포함한 영혼의 역사를 이야기해
준다. 아이가 태어나는 순간 가르쳐준 모든 것을 비밀로 간직하
라고 손가락을 아이의 입술에 대서 우리의 입술에 있는 자국이
생겼다.

　이 이야기는 1522년 콘스탄티노플에서 간행된 구약성서 주해
서에 수록된 이야기라고 한다.

성자나 개국 시조 들에게는 초자연성을 부여하기 위한 탄생 설화가 있게 마련인데, 이 이야기는 보통 사람 이야기로서, 어린 아이에게 너는 다리 밑에서 주워왔다고 하는 것에 비하면 사람의 품격을 대단히 높여놓고 있다. 인간의 전생(前生)과 그 탄생에 성성(聖性)을 부여하고 있으니까.

하늘이 가르쳐준 것을 비밀로(즉 깊이) 간직하라고 했다니까 말인데, 힌두교에는 진리를 제자에게 이야기해줄 때 듣는 사람의 귀에 대고 그야말로 크나큰 비밀처럼 소리 없이 속삭이는 구루가 있었다고 한다. 참으로 옳은 태도가 아닐 수 없다. 귀에 대고 거의 숨결로 속삭이는 까닭은 우선 그 진리가 소중해서 그럴는지 모르는데, 큰 소리로 말하면 진리가 바깥으로 흩어져 달아나버릴지 모른다는 우려가 있을 수 있다. 진리는 말이 아니라 숨결이라고 할 수도 있는데 그렇다면 진리의 숨결을 귓속에 고스란히 불어넣는다는 의도일 수도 있다. 또 진리라는 것은 그것을 아는 사람끼리 주고받는 것이라는 뜻으로 볼 수도 있다. 그러나 나로서는 그것이 그 내용에서나 말하는 사람의 진리 육화의 정도에 있어서, 진리가 아닐 수도 있기 때문에 큰 소리로 말하지 못하고 삼가면서 귀에 대고 속삭이는 한 가닥 수줍음과 염치를 보인 게 아닐까 하는 느낌이 제일 강하게 든다!

무엇을 하는 사람이든지 간에, 광신적인 태도들의 이루 말할 수 없는 폐해를 상기하면서, 큰 목소리나 큰소리치기를 수상쩍게 여기는 이유다.

숨결과 속삭임

# 꽃피는 시간

—

윤석중, 이영경 그림, 『넉 점 반』(창비, 2004)에서

시골의 시간은 자연의 시간에 가깝고 도시의 시간은 문명의 시간에 가깝다. 시골에서 시간은 해와 달, 시냇물과 나무들의 리듬에 일치하지만 도시에서는 시계와 달력, 자동차와 빌딩 들의 속도에 일치한다. 거기서는 시간이 느리게 흐르고 여기서는 숨 가쁘게 흐른다. 저기의 시간은 몸과 마음을 건강하고 윤택하게 하는 흐름으로 느껴지고 여기의 시간은 그렇지 않은 것으로 느껴진다.

윤석중의 동시에 등장하는 이 아이는 동네 가게에 가서 몇 시인지 알아가지고 오라는 엄마의 심부름을 간다. 넉 점(네 시) 반이라는 얘기를 듣고 돌아오면서 아이는 여러 가지를 구경하느라고 시간을 보낸다. 물 먹는 닭, 개미 거둥을 보면서 한참 앉아 있

기도 하고 잠자리를 따라다니거나 분꽃 밭에서 한참 있다가 해가
꼴딱 진 뒤 돌아와서 엄마한테 "엄마, 시방 넉 점 반이래" 한다.

저절로 웃음이 터져나오는데, 그 까닭은 물론 아이의 천진함
때문이지만, 좀더 들여다보면 우리를 시계의 시간에서 해방하기
때문인 듯하기도 하다. 아이는 시계의 시간에서 완전히 자유로
우며 그리하여 잠자리와 닭과 분꽃의 시간을 산다. 그 시간 속에
서는 꽃이 피고 잠자리가 날며 닭이 고즈넉한 한낮을 영원처럼
늘이며 운다. 꽃피는 시간이요 날개 치는 시간이다. 죽은 자동성
이 아니라 살아 있는 자동성의 시간이다.

또 다른 관찰도 할 수 있다. 아인슈타인의 상대성이론에는 "물
체의 속도가 빛의 속도에 근접할수록 시간이 느려지다가 빛의
속도와 같아지면 시간은 정지한다"는 얘기가 있다고 하는데, 그
렇다면 시간의 흐름을 전혀 느끼지 못하는 상태에 있을 때 우리
는 빛인 것이다.

티베트 불교에서도 참다운 상태에 있는 마음의 무시간성을 말
하는데, 그럴 때 몸은 빛 속으로 해체되어 스스로 빛난다고 한다.

저 아이의 시간, 자연의 시간은 또 시적(詩的) 순간이라는 것과
비슷하기도 한데, 균열과 상처와 마비에서 회복되는 순간, 몸과
마음의 무한에 접속되는 시간, 내가 곧 모두이고 이것과 저것이
하나인 통일 속에 있는 시간, 둥근 시간, 싹트는 시간…… 순간적
으로 '앉은 자리가 꽃자리'가 되는 시간……

# 모차르트, 인류의 지복

—

**장 피에르 케를로크, 나탈리 노비 그림,『마술피리』**
**(김하연 옮김, 베틀북, 2006)에서**

 지구상의 어디에선가 모든 시내와 강 들의 발원이 되는 샘물들이 솟아나고 있는 걸 상상하면 나는 한없이 즐거워지면서 내 가슴에서도 생명의 샘물이 솟아나기 시작하는 걸 느낀다. 그도 그럴 것이, 그 샘물들은 지상 생물의 생명의 원천이기도 하고 또한 어린 시절에 그 발원지에서 샘물이 처음 소리 없이 솟아나는 걸 보았기 때문이기도 하다. 지구를 신비로운 별로 만드는 것 중에 가장 강력한 것—샘물의 그 첫 솟구침을 두 눈으로 본 뒤, 그 감각 지각을 통해, 지상의 샘물들은 끊이지 않고 내 가슴속에서 솟아나고 있는 것이다!

 이 그림은 모차르트의 오페라 「마술피리」에서 파파게노와 파파게나가 만나 너무 좋아서 서로의 이름도 제대로 부르지 못해

파파—파파— 하면서 포옹하려는 장면인데, 별것 아닌 이야기가 모차르트의 음악 때문에 살아난 가극이라고 할 수 있다.

나는 오페라를 별로 좋아하지 않고 그래서 잘 모르지만 「마술피리」는 오페라를 그 스토리가 아니라 음악으로 즐길 수 있는 작품 중 하나다. 가령 바그너의 가극들과 비교해보면 좋을 듯한데, 나는 바그너를 아주 싫어해서 바그너에 대한 니체의 혹독한 비판, 예컨대 "바그너의 음악은 요컨대 나쁜 음악이요, 아마도 그동안 나온 음악 중에서 가장 나쁜 음악" "음악의 크나큰 타락을 대표" "최면술적 속임수의 대가" 등등의 비판에 전적으로 공감하는 터이니 그를 모차르트와 비교하는 게 적절치 않을 수도 있다. 어떻든 바그너의 정치적, 인종적 편견에 대한 선입견을 갖지 않고 들어도 나는 그의 음악이 갖고 있는 허장성세와 위압적인 분위기, 그 무거운 후덥지근함 같은 것들 때문에 들어낼 수가 없어서 시작하자마자 꺼버리곤 했다. 그러한 것은 예술이 아니다. 예술은 그 정반대이니까.

앞에서 지상의 샘물 얘기를 했는데, 그것은 모차르트를 이야기하기 위해서였다. 모차르트의 음악은 지상의 슬픔까지도 슬픔의 금강석으로 만드는 명랑성의 광휘, 그 누구도 하지 못한, 인류의 기쁨의 마르지 않는 샘물이라는 것을!

모차르트, 인류의 지복

# 새벽 기운 빵빵하게

–

소피 보드, 제롬 뤼예 그림, 『아주 특별한 밤의 선물』

(김화영 옮김, 큰나, 2004)에서

아직 어두운 새벽, 한 어른이 한 아이의 손을 잡고 집을 나선
다. 할아버지가 손자에게 명절 선물로 아주 특별하게도, 숲 속에
사는 동물을 보여주려는 것이다.

그림 속의 어른은 몸이 빵빵한데, 부풀어 오른 듯이 그리는 게
그림 그린 사람의 스타일이지만, 특히 이 장면에 잘 어울린다. 보
는 사람의 느낌으로는 이 어른이 선의(善意)로 가득 차 있고, 그걸
행동으로 옮긴다는 뿌듯함으로 가득 차 있으며, 또 24시간 중 새
벽을 택한 의도가 스스로 만족스럽고, 그리하여 몸과 마음이 새
벽 기운으로 꽉 차 있기 때문이다. 다시 말하여 선의로 빵빵하고
그 실천에서 오는 만족스러움으로 빵빵하며 새벽 기운으로 빵빵
하다.

실은 '새벽'이라는 말은 신선함으로 가득 차 있는 말이다. 그건 해가 떠오르는 시간이요(웬 태양은 그렇게 많은지!), 우리가 몸을 일으키는 시간이며, 특히 동틀 무렵 숲에 가본 사람은 알겠지만, 동이 트면서 나무들의 초록빛이 마악 어둠 속에서 '떠오를 때' 세계는 빛에 의해 매일매일 새로 창조된다는 걸 법열에 싸여 실감하는 시간이기 때문이다. 새벽 공기와 그 빛은 온몸으로 느낄 수밖에 없고 그 의미에 대한 느낌 또한 전신적이라고 할 수 있으니 새벽은 그 모든 것으로 빵빵한 시간이요 '새벽'이라는 말 또한 그렇다.

내친김에, 때가 때이니만큼, 노래 한 자락.


오로라여
한반도에서 사는 우리는 요새
괴롭다.
그리고 이 괴로움은
그 원천들 스스로가 원천인 줄 모르기 때문에
치명적인
그런 괴로움이다.
오로라여, 간절한 마음으로 청컨대
이 쓴 잔을 우리에게서 거두어주고
그대의 기운으로
우리를 빵빵하게 해다오.

# '제정신'을 찾아서

—

이보나 흐미엘레프스카, 『파란막대 파란상자』

(이지원 옮김, 사계절, 2004)에서

 

제정신 아닌 사람들의 특징은 자기가 제정신이 아니라는 사실을 모른다는 것이다. 그렇지 않겠는가, 자기가 제정신이 아니라는 것을 안다면 그는 제정신을 갖고 있는 사람일 테니까! 그리고 제정신 아닌 것 같은 언행을 애초에 하지 않았을 테니까!

이 얘기는 스스로를 객관화하는 능력과 관련이 있는데, 그런 능력이 너무 없는 사람은 인간관계나 사회관계를 불편하고 불행하게 한다는 걸 우리는 겪어보아서 알거니와, 어떻든 스스로를 객관화하는 능력이 부족한 사람은 특히 국가 경영 같은 공공사업에 뛰어들면 안 된다는 건 두말할 여지가 없다.

이 그림의 파란 종이 상자는 어떤 집에 대대로 전해 내려오는 일종의 가보인데, 이걸 전해 받은 사람이 각자 이 상자를 어떻게 썼는가를 기록한 낡은 공책과 함께 전수된다. 고조할아버지는 상자 속에 거울을 다섯 개나 붙여놓았는데 뚜껑을 열 때마다 다섯 개의 자기를 볼 수 있었을 것이다. 그리고 거울에 비친 자기를 보는 순간 새장에 갇혀 있던 새가 빛이 들어오는 열린 문을 향해서 날아가는데, 이건 아주 의미심장하다. 이 새는 '나'라는 것 속에 갇혀 있던 내가 거울을 통해 객관화되면서 '나'라는 감옥에서 해방된다는 전언으로 읽을 수 있기 때문이다.

나이 들어서도 유아적 자폐 단계에 머물러 있는 듯한 어른이 의외로 많은 듯하다. 그런 사람이 가령 군고구마 장사를 하다가 망하는 거야 혼자만의 일이니 별문제 아니라고 하더라도, 공인(公人)이나 공적 집단이 제정신인가 의심스러울 정도로 자폐적이라면 그건 공동체의 운명과 관련되므로 심각한 일이 아닐 수 없다. 괴테가 에커만과의 대화에서 "쇠망과 파멸의 상태에 있는 모든 시대는 주관적이다. 반면에 모든 발전하는 시대는 객관적인 경향을 지닌다"고 한 말을 더불어 상기하고 싶다.

# 세상의 모든 시작
—
**피터 H. 레이놀즈, 『점』(김지효 옮김, 문학동네어린이, 2003)에서**

점 하나로 되어 있는 이 그림은 시작을 뜻한다.

한 아이가 미술 시간에, 아무것도 그리지 못하고 앉아 있다가 시간이 끝날 무렵 연필을 힘껏 내리꽂아 찍은 점이기 때문이다. 그리고 이 점은 여러 개의 점, 색깔 있는 점, 크기가 다른 점으로 발전하기 때문이다.

이 점은 그리하여 피타고라스가 만물의 근원이라고 한 모나드(monad, 單子)를 닮았고, 점 하나가 큰 폭발을 일으켜 우주가 되었다는 빅뱅이론을 갖다 붙일 수도 있다. 도화지 위의 빅뱅.

그렇다면 이 점은, 모든 시작을 부추기는 힘이 그렇듯이, 엄청난 에너지를 갖고 있는 가능성이다. 창조를 준비하는 카오스요 마악 머리를 내밀고 있는 움이다.

백지를 앞에 놓고 한 시간을 보낸 아이에게 와서 미술 선생님이 "와! 눈보라 속에 있는 북극곰을 그렸네"라고 하자 놀리지 말라고 하면서 찍은 게 이 점인데, 선생님은 그걸 금테 액자에 넣어 자기 방에 걸어놓았다. 이 선생님은 칭찬의 연금술을 아는 것이다.

어린아이들 교육에서 매우 중요한 것은 각자 타고난 재능을 키우는 일과 공공의식을 심어주는 일이 아닌가 한다. 그런데 한국에서 앞의 것은 교육제도와 생존 경쟁 때문에 잘되지 않고 뒤의 것은 어른들부터 공공의식이 너무 없어서 잘되지 않고 있다.

더구나 아이들에게 무슨 '정치적' 목적을 갖고 수상한 이념을 주입한다든지 '세뇌'를 하는 것은 그 어떤 죄악보다도 큰 죄악이라는 걸 말할 필요가 있을까.

게다가 참으로 알 수 없는 일은, 웬만한 건 스스로 판단할 수 있는 청년 시절에, 북쪽의 인사불성 사교(邪教) 집단의 이데올로기에 세뇌를 당해 활동하다가 여기서 요직을 차지하고 심지어 첩자 노릇을 한 사람들도 있다니…… 아이고 이 사람들아, 프랑스혁명 전후에 '자기완성, 관용 그리고 계몽'을 교의로 유럽에서 생긴 비밀결사 프리메이슨 같은 거라도 만들어서 젊은 열정을 불태우기라도 했다면 얼마나 멋있었을까!

그래도 살아 있는 한 누구에게나 깨달음의 빅뱅으로 새로 태어나고 다시 시작할 시간이 있느니……

세상의 모든 시작

# 그림자의 향기

—

미하엘 엔데, 프리드리히 헤헬만 그림,
『오필리아의 그림자 극장』(문성원 옮김, 베틀북, 2001)에서

'그림자'라는 말은 그게 등장하는 문맥에 따라서 여러 가지 의미를 갖는다.

미하엘 엔데가 쓴 이 글에 등장하는 그림자들은 장난꾼, 무서운 이름, 외로움, 힘없음, 덧없음 따위의 이름을 갖고 있는데, 실체가 없으며, 의지할 데가 없다면서 오필리아라는 할머니를 찾아와 같이 살게 된다. 할머니는 평생 극장의 무대 밑 보이지 않는 데서 배우들이 대사를 잊어버릴 때 불러주는 일을 했는데, 그림자들과 살게 되면서 동네 사람과 집주인이 이상하게 여겨 쫓겨나자, 그림자들이 의논해서 이동극장을 만들어 살아간다.

여기 등장하는 그림자들의 실체는 우리들 자신이다. 우리는 무서워하고 외로워하며 무력감이나 무상감(無常感)에 사로잡힐

때도 있고 때로는 장난을 치기도 하기 때문이다. 이 그림자들은 말하자면 심리적 차원에서 어른거리고 있다.

그런가 하면 실체와 그림자를 아예 구별하지 않는 통찰이 있다. 불교에서 '나'라는 건 없다고 하면서 모든 게 공(空)하다고 보는 것이나, 13세기 이슬람의 신비 시인 루미가 「대상 없는 사랑」에서 "모든 게 실체 없는 그림자다. 당신은 자신의 그림자와 사랑에 빠진 사람을 봤는가? 그게 우리가 해온 일이다"라고 말하는 경우 등.

나에게는 그림자가 조그만 깨달음의 계기가 된 적이 있는데, 젊은 사람들과 지리산 추성계곡에 가서 등산을 하고 민박을 한 날 밤의 일이다. 술 한잔하고 늦게 잠자리에 들었으나 방 안에서 뭐가 계속 바스락거려 일어나 불을 켜보니 누가 장수하늘소 한 마리를 비닐봉지에 넣어 묶어놓아 그놈이 숨 가쁘게 부스럭거리는 것이었다. 그걸 들고 나가 집 뒤 산길 위에 풀어주는데, 칠흑 같은 밤 바깥에 켜놓은 등의 불빛에, 길 내느라고 자른 비스듬한 흙벽에 내 거대한 그림자가 찍혀 있는 걸 본 순간, 나는 경악하면서 동시에 그 그림자의 향기에 어지럽게 취했던 것인데, 왜냐하면 '나'는 흙벽에 찍힌 '그림자 화석(化石)'이었기 때문이다!

그림자의 향기

# 어조의 빛과 그늘

레베카 커딜, 에벌린 네스 그림,
『호주머니 속의 귀뚜라미』(이상희 옮김, 사계절, 2005)에서

자연의 경이는 무궁무진하지만, 귀뚜라미나 여치, 베짱이 같
은 곤충들이 날개에 발음기가 있고 그것으로 소리를 낸다는 사
실은 나에게 늘 경이로운 일이다. 나무나 새 같은 자연이 다만 상
징적인 의미를 보여주는 것으로 끝나는 게 아니라 우리에게 '물
질적'이라고 할 만큼 실제적인 작용을 하는 것과 마찬가지로 귀
뚜라미 소리의 맑음과 여림과 소슬함은, 어느 정도냐 하면, 그 소
리를 듣는 사람의 가슴을 세상에서 제일 맑은 샘물의 발원지로
만들어놓는다.

시골에 사는 이 아이는, 우리가 어렸을 때 한 것과 똑같이, 과
일이나 곡식, 예쁜 돌멩이, 새의 깃털 같은 것들을 호주머니에 넣
어가지고 다니는데, 어느 날은 귀뚜라미를 한 마리 잡아서 호주

머니에 넣어 집에 가지고 와서 키우면서 친구가 된다. 귀뚜라미
는 물론 수시로 '귀뚤귀뚤' 운다.

앞에서 귀뚜라미 소리의 맑음과 여림과 소슬함을 이야기했지
만, 그런 느낌은 물론 그 소리의 음색이나 음조에서 오는 것임은
말할 것도 없다.

지상의 생물이 내는 소리는 대체로 그 인상이나 본성과 일치
하는 것 같고 또 그 욕구나 상태를 드러낸다고 할 수 있을 터인
데, 사람의 말소리도 예외가 아니다. 사람의 어조는 그의 운명에
작용하는 중요한 요소라고 할 수 있는데, 어떻든 듣기 좋은 어조
는 고달픈 인생살이에 빛이 된다고 할 만큼 우리를 기쁘게 하지
만, 그렇지 않은 어조는 우리를 불쾌하고 암담하게 하여 살맛을
감소시킨다. 더군다나 개인이 아니라 국민 전체를 상대하고 나
라의 얼굴이 되는 국가 지도자의 어조와 표정은, 실은 말의 내용
보다 더 직접적으로 국민적 사기에 영향을 준다. 다른 건 모르더
라도 최소한도의(!) 품격이라도 있어야 하는 이유다. '막가는 세
상의 전위가 되리'라고 외치는 듯이 악구(惡口)나 험객(險客)이 되
어서는 나라에 그늘과 한숨을 드리울 뿐이다.

혹시 귀뚜라미의 무슨 세포를 인간의 난자에 이식해서 사람이
귀뚜라미의 성질을 조금이라도 갖게 하는 걸 생명공학이 연구해
보면 어떨까.

어조의 빛과 그늘

# 순한 사람 그리워

—

안 에르보, 『파란 시간을 아세요?』
(이경혜 옮김, 베틀북, 2003)에서



   날빛이라는 게 있다. 시간에 따라 다르고 공기와 햇빛과 기온
에 따라 달라진다. 박명(薄明)은 해가 뜨기 전과 지기 전, 그러니
까 낮과 밤 사이의 날빛을 말한다. 모든 게 뚜렷하게 보이는 낮
과 아무것도 안 보이는 밤에 비해 사물이 어슴푸레하게 보이는
어스름 때가 우리의 영혼에게는 아주 풍부하고 깊은 시간이라고
나는 말한 적이 있다. 해가 마악 지고 난 뒤의 박명을 견디기 어
려워 술집으로 간 적도 있었다.


   이 그림은 박명을 의인화한 것이다. 뚜렷하게 밝거나 어두운
낮과 밤에 비해서 박명은 형태적 이미지로 나타낼 수 없는데도
그려놓았으니 보기에 거북하다. 또 키를 크게 하려고 장대 위에

세워놓은 것도 부자연스럽지만, 어떻든 나무와 새보다 높은 건 당연하다. 실은 요새 같은 때에 신문이라는 매체에서 박명 이야기를 하려는 게 아니고 의인화된 박명이 순하게 생겨서 순한 사람 얘기를 해볼까 하고 얘기를 시작했다.

우리 사는 세상이 너무 그악스럽다는 느낌 속에 살아서 그런지 요새 더욱 순한 사람이 그립다. 순하다는 것은, 서너 가지 얘기만 해본다면, 순리대로 하는 것, 권력이든 돈이든 사리(私利) 때문에 공동체를 망하게 하지 않는 것, 자기 자신에 대해서나 남에 대해서나 옳고 그른 것에 대한 바른 판단을 가지고 대처하는 것, 살아 있는 것들에 불가피한 고통과 허약함에 공감하는 파토스…… 힘을 숭배하는 우리의 본능에 따라 우리가 사악한 힘에 대해서도 그런 느낌을 갖고 있지 않은지도 자문해볼 일이다.

호르헤 루이스 보르헤스Jorge Luis Borges의 글을 보면 18세기 스웨덴의 신비가 에마누엘 스웨덴보리Emanuel Swedenborg가 본 지옥에서 사악한 사자(死者)는 악마의 외모와 태도를 보고 그게 자기 취향에(그것도 취향이라면) 맞아 재빨리 그들과 합류하였다고 한다. 권력 행사와 상호 증오가 그들의 행복인데, 그들은 정치에 생을 바친다. 정치활동이든 무슨 활동이든 그런 일이 벌어지는 곳이 지옥이라고 읽으면 좋을 것이다. 그런데 지옥에는 박명이 없을 테니, 그쪽으로 가게 되지 않았으면 좋겠다.

순한 사람 그리워

# 그리움이라는 황금 열쇠

—

**피터 시스, 『세 개의 황금 열쇠』**(송순섭 옮김, 사계절, 2004)에서

우리가 다 겪어서 아는 일이지만, 뭐든지 절실하면 마음은 그 절실한 것을 하기 위해 움직이고, 몸은 또 그 마음을 따라 움직인다. 절실하게 바란다고 해서 다 이루어지는 건 아니지만, 어떤 것이든 절실하지 않으면 잘 이루어지지 않는다는 건 사실일 것이다.

우리를 움직이는 힘 중에 그리움이라는 게 있다. 예를 들어 정치인을 움직이게 하는 게 권력이고, 경제인을 움직이게 하는 게 이익이라면, 예술가를 움직이게 하는 건 그리움이라고 말해볼 수도 있다. 정치나 사업을 하는 사람들도 안락하고 아름다운 나라, 살기 좋은 사회에 대한 그리움(꿈, 비전)을 조금이라도 갖고 있었으면 하고 바라는 마음도 크지만…… 그리고 그들의 영향력이 크니까 그런 바람도 클 수밖에 없기도 하지만……

피터 시스의 고향은 체코의 수도 프라하. 그가 어린 시절과 청년 시절을 보낸 그곳은 당시 '역사의 그릇된 편(공산주의)'에 서 있었고, 그는 집과 학교에서 그림 공부에 열중하다가 미국으로 건너간다.

다시는 프라하로 돌아가지 못하리라고 생각하던 시절이 있었으나 1989년 공산 정권이 사라지는 '기적'이 일어났고, 사람들이 프라하에 자유롭게 오갈 수 있게 되었다.

"매들린…… 열기구가 거센 바람에 휘날리는 바람에 나는 항로에서 벗어나 멀리멀리 흘러갔단다"로 시작, 자기 딸에게 들려주는 이야기에서 '나'는 어린 시절에 살던 옛집을 찾아갔으나 녹슨 자물쇠 세 개가 잠겨 있어서 난감해하고 있는데, 옛집에서 키우던 검정고양이가 나타나 자기를 따라오라고 눈짓한다. (모든 그림에 이루 말할 수 없는 정성이 깃들어 있다!) 어려서 즐겨 찾던 도서관, 친구들과 놀던 정원, 유명한 시계탑을 차례로 가고, 온몸이 책으로 되어 있는 사서, 풀에서 자라나온 황제, 기묘한 로봇에게서 황금 열쇠가 들어 있는 두루마리들을 받는다.

거리의 건물들에 겹쳐 그려놓은 기억의 환영(幻影)들이 재미있고, '잘못된 역사' 편에 있었던 고국의 거리답게 어두컴컴한 색조를 보여주다가 열쇠 세 개를 손에 쥐면서부터는 색조가 조금씩 밝아지고 집 문을 열자 아주 환한 내부가 나타난다. 식탁, 촛불, 고양이 그리고 좌우 양쪽의 제일 환한 부분에 부엌에서 음식을 하시는 어머니와 거실에서 신문을 보는 아버지가 그림자처럼

그리움이라는 황금 열쇠

보인다. 그리고 어머니의 목소리가 들린다. "피터, 손 씻어라. 저녁 먹어야지……" 거리에서 소리가 들려오고 모든 게 되살아난다. "매들린, 손 씻으러 가자. 저녁 준비가 다 됐다는구나!"

우리가 그리워하는 게 무엇이든지 간에, 실은, 그것을 여는 황금 열쇠는 그리움 속에 이미 들어 있느니……

IV

# 시, 어린 시절, 대문자 '열림'

이 글과 이어지는 두 편의 글은 2003년
12월에서 2004년 3월 사이에『현대문학』
에서 김소연 시인과 주고받은 편지다.

전해 듣기로는『현대문학』에서 이런 걸 한번 해보자고 기획
을 해서 김 시인이 나한테 편지를 쓰고 내가 답장을 하게 되었는
데, 이런 기획은 좋은 시도라고 생각합니다. '서간문학'이라는 게
있었습니다만, 통신수단의 기계화가 진행되고 사람과 사람의 만
남이 비즈니스화해오면서, 다시 말해 통신의 속도가 가속화하고
인간관계가 얄팍하고 (즉 외면적이고) 단편적인 것으로 변해오면
서 서간문학은 사라진 것으로 보입니다. 그 사실은 오늘날 우리
의 삶을 진단하고 평가해볼 수 있는 징후적인 단서가 될 수도 있
을 것으로 생각됩니다.

그래서 오늘날 문학이 하는 일이 뭐냐고 물으면 나는 '편지 쓰
기'라고 대답하고 싶습니다. 시를 쓰고 소설을 쓰고 에세이를 쓰

는 건 말하자면 편지를 쓰는 일에 해당한다는 말이지요. 위에서 통신수단과 인간관계의 변화에 대해 썼습니다만, 편지(문학)란 그런 과정에서 우리가 잃어버린 것들, 그리고 꼭 회복해야 할 것들을 회복하고자 하는 마음씀이기 때문입니다.

그래서 그런지, 참으로 오랜만에 이런 편지를 쓰니, 잃어버린 시간을 되찾은 듯한 느낌, 잃어버린 마음을 되찾은 듯한 느낌, 우리의 운명인 손상된 삶이 회복되는 듯한 느낌이 드는군요.

김 시인도 편지를 쓰면서 느꼈으리라 짐작이 되지만, 편지를 쓰노라면 우리는 아주 내면적인 사람이 되는 것 같습니다. 그렇게 되는 까닭은 필경 편지의 내밀성 때문이 아닌가 싶은데, 이 내밀성은 동시에 구심/원심적으로 움직이고 있는 마음의 상태입니다. 다시 말해서, 마치 우리가 뻐꾸기 소리 같은 것을 들을 때 그렇듯이, 자기의 내면 속으로 그야말로 침잠하면서 동시에 상대방을 향해서 움직인다는 말이지요. 이때 우리의 마음은 내면의 무한과 바깥의 무한을 동시에 부화하면서 광활한 공간이 됩니다. 그러니까 편지의 내밀성은 이렇게 광활한 내밀성이며, 편지를 쓸 때 우리가 내면적이 된다는 말 속에는 그러한 뜻이 들어있는 것이겠습니다.

어쨌거나, 김 시인은 편지에서 자기가 어린 시절에 살았던 동네에 가보았다고 하면서 "그 동네는 탈출하고 싶었던 비루한 골

시, 어린 시절, 대문자 '열림'

목이 아니었으며, 저를 직조했던 베틀이었고, 시를 쓰는 저에게 계속해서 집적되는 배후였다는 것을 이제야 온전하게 인정할 수 있게 되었습니다"라고 썼습니다. 그리고 나의 어린 시절은 어땠는지 궁금하다고도 했습니다.

말이 나온 김에 우선 우리에게 어린 시절이란 무엇인지 다시 한 번 생각해보고 싶은데, 어린 시절이란, 바슐라르의 말을 들어보면 "인간에게 이 세계는 어린 시절로 자주 돌아가는 영혼의 주기적 회귀(revolution, 이 영어 단어에는 아시다시피 혁명/대변혁 같은 뜻도 들어 있습니다)와 함께 시작"되는 그러한 것이고 그리하여 "존재의 샘물"이기 때문입니다. 그는 그의 저서 『몽상의 시학』의 한 장인 「어린 시절을 향한 몽상」에서 그런 말을 하고 있습니다만, 그의 글을 통해서 우리의 어린 시절은 이제 끝나지 않는 생명을 얻고 더할 나위 없는 의미를 지니게 되었습니다. 그러니 김 시인이 어렸을 때 살던 동네에 가본 것은 위와 같은 회귀였는지도 모르고 거기서 샘물을 마시고 싶어서 그랬는지도 모릅니다. 물론 세월이 흐른 뒤 우리의 어린 시절은 바깥(어려서 살던 곳)에 있는 게 아니라 우리 마음속 —— 몸과 마음이라는 지층 속에 있는 것이지요만.

시의 언어는 언어의 원초, 언어의 젊음을 회복하게 한다는 얘기도 있습니다만, 그리고 앞에서, 우리가 잃어버린 귀중한 것의 회복에 대해서 썼습니다만, 시를 쓰고 읽는 일이란 이 세상과 인류가 그의 원초/어린 시절을 되찾게 하는 일이라고 할 수도 있겠습니다.

　나는 어떤 짤막한 산문에서 내가 어렸을 때 살았던 시골의 자연의 풍부함에 대해 얘기했고 또 시의 말들이 살아 있는 것이 되려면 어린 시절에 살아 있는 자연과 오감(伍感)으로 접촉을 할 필요가 있다는 얘기를 해오고 있으며, 그 자연이 그 시절의 국민적 가난과 고생을 아예 없는 것으로 지워버릴 만큼 생생한 풍부함으로 가득 차 있었다는 얘기도 했습니다만, 여기서 자연과 어린 시절에 대해 깊은 느낌과 생각을 갖고 있었던 릴케의 시 몇 줄을 읽어보면서 우리의 이야기를 계속해볼까 합니다. 그의 「제8비가」 앞 대목을 영역에서 옮겨봅니다.

　　자연계는 그 온 눈으로
　　열린 장the Open을 투시한다. "우리의" 눈만이
　　뒤를 보고, 식물, 동물, 아이를 덫처럼
　　둘러싼다, 그들이 그들의 자유 속으로 나타날 때.
　　우리는 동물의 시선으로만 저기 무엇이
　　참으로 있는지를 안다: 우리는 아주 어린 아이를
　　강제로 둘러싼 그게 대상들을
　　보도록 한다──열린 장이 아니라 말이다.
　　동물들의 얼굴에서 그다지도 깊은 그것. 죽음에서 자유롭게.

　잘 알려져 있다시피 릴케는 편지 쓰기를 좋아하고 편지를 많

시, 어린 시절, 대문자 '열림'

이 쓴 시인입니다. 앞에서 편지가 촉발하는 내면성/내밀성에 대해 얘기했지만, 릴케는 내면적 인간의 화신 같은 사람이지요.

릴케는 1926년 2월 25일 레브 스트루베라는 사람한테 보낸 편지에서 위 시에 나오는 대문자 "the Open"에 대해 설명하고 있습니다. 그걸 옮겨보면 동물의 의식수준은 언제나 세계가 그것과 맞서는 것(우리가 그렇듯이)이 아닌 것으로서 세계에 들어선다는 것, 동물은 세계 안에 있는 데 비해 우리는 우리의 의식의 독특한 전기(轉機)와 고양 때문에 세계 앞에 있다는 것, 그리하여 "열린 장"이라는 건 하늘이나 허공이나 공간이 아니며 관찰하고 판단하는 인간에게는 그것들도 "대상들"이며 그래서 '불투명 opaque'하고 닫혀 있다는 것, 동물이나 꽃은 자신을 고려하지 않은 채 오롯하게 열린 장이다,라는 것, 그리하여 그것 앞이나 위에 이루 말할 수 없이 열린 자유 — 우리로 말하자면 아마도 사랑의 첫 순간에나 해당하는 열린 자유가 있다는 것인데, 사랑의 첫 순간에 우리는 우리가 사랑하는 사람 속에서 우리 자신의 광활함을 보고 신에 대한 황홀한 복종 속에 있게 된다는 것입니다.

앞에서 우리는 어린 시절에 대해 얘기했지만, 위 시에서 시인은 "식물, 동물, 아이"가 "그들의 자유 속으로 나타날 때" 우리(인간-어른들)는 "덫처럼/둘러싼다"고 말하고 있습니다만, 그러한 것이 이 세상의 어린아이들의 운명입니다. 그리고 우리도 물론 그런 운명을 통과해왔습니다.

그러니까 김소연 시인이 사춘기 때 버스를 기다리며 "플라타

너스 수피의 무늬에 열중"해 있었을 때 그것은 자기도 모르는 사이에 식물의 열린 자유, 나무의 광활함을 보고 있었던 것이며, 따라서 자기 자신의 열린 자유를 향해 열중해 있었다고 할 수 있겠지요.

릴케는 동물과 식물만이 "the Open"이라고 했지만, 인간도 시를 통해서 그렇게 되려고 하고 있는 것이라고 나는 생각합니다. 릴케나 네루다 같은 시인이 보여준 내적 광활함과 깊이가 그런 지경을 보여주었습니다만, 시=대문자 "열림" 또는 "열린 장"이 시의 시됨이고 시의 꿈이며 시가 이 세계에 있어야 하는 이유입니다. 또 우리가 시를 읽을 때도 우리의 안목에 그러한 지경을 애써 느끼고 알려는 노력이 들어 있기를 바라게 되기도 하는 것이지요.

아무쪼록 편지를 주고받는 이 기획이 우리의 마음가짐에서나 글을 쓰고 읽는 데 있어서나 인간관계에서 우리가 잃어버린 것을 회복하는 작은 점화의 계기가 되기를 바라면서.

(2003년 12월 2일)

시, 어린 시절, 대문자 '열림'

# 탄생하라고 빛을 가지고

이번 편지에서 김 시인은 "제가 영유하고 있는 시간들은 대개 감옥처럼 반복적이고 지루하고 막막합니다"라고 했고, 각자의 느낌은 존중되어야 하지만, 우리는 때때로 자기의 마음 바깥으로, 자기의 감정 바깥으로 나가서 걸어볼 필요가 있습니다. 답답할 때는 더군다나 그러해서, 사람들은 그렇게 하는 줄로 알고 있지만, 오늘은 다시 네루다가 마련한 공간으로 가서 걸어볼까 합니다. 벌써 3월이니 「봄」이라는 현판(제목)이 붙어 있는 곳입니다.

새가 왔다
탄생하라고 빛을 가지고.
그 모든 지저귐에서부터

물은 태어난다.

그리고 공기를 풀어놓는 물과 빛 사이에서
이제 봄이 새로 열리고,
씨앗은 스스로가 자라는 걸 안다;
화관(花冠)에서 뿌리는 모양을 갖추고,
마침내 꽃가루의 눈썹은 열린다.

이 모든 게 푸른 가지에 앉는
티 없는 한 마리 새에 의해 이루어진다.


　좋지요? 언 땅이 풀려 물이 흐르고 싹이 트고 꽃이 피는 건(시인
은 물론 "꽃가루의 눈썹은 열린다"고 했습니다) 결국 한 마리 새가 하
는 일입니다. 새의 지저귐이 모든 걸 태어나게 하는 거지요.
　그리고 나는 이 새의 자리에 '시인'을 놓아봅니다. 그 지저귐
으로 말하자면 시인이 새를 따라갈 수 없지만, 시인도 "탄생하라
고 빛을 가지고" 온 종족이기 때문입니다.


　새가 하는 일이 그렇게 어마어마한 일이니 그러면 여기서 새
를 칭송하는 소리를 들어볼까 합니다. 새는 시인들이 즐겨 노래
하는 대상이지만, 릴케가 1914년 2월 20일 루 안드레아스 살로
메Lou Andreas – Salomé에게 보낸 편지에서 칭송된 새는 인류를 비롯

한 동물이 지구상에 나타난 이후 그 유례가 없을 만큼 깊고 섬세하게 보고 들은 것이어서 그 감동의 파장에는 '무한'이라는 말밖에 어울리는 게 없는 그러한 것입니다.

새는 외계에 특별한 신뢰감을 갖고 있는 창조물입니다. 마치 그가 그(외계의) 가장 깊은 신비와 하나임을 알고 있는 듯이. 그런 까닭에 그는 그 속에서 마치 자신의 깊이 속에서 노래하듯이 노래하는 것이며, 우리가 새소리를 우리 자신의 깊이 속으로 쉽게 받아들이는 이유도 그런 데 있지요; 우리는 그걸 남김없이 우리의 정서로 번역하는 것 같습니다: 참으로 그건 전 세계를 잠시 내적 공간으로 만드는데, 왜냐하면 새는 그의 가슴과 세상의 그것을 구별하지 않기 때문입니다.

위에서 우리가 방문했던 「봄」의 새는 네루다 이전에는 없었던, 네루다라는 시인이 창조한 새라고 한다면 이 편지에 나오는 새는 릴케라는 시인이 창조한 새인데, 말할 것도 없지만, 그 새가 날고 지저귀는 외계 역시 릴케에 의해서 이 세상에 처음 창조된 공간입니다. 그러니 물과 꽃과 외계를 새로 태어나게 하는 새를 창조한 시인들의 내적 무한(상상력, 감수성, 직관 따위들의 무한)을 또 어쩔 것인지……

무엇보다도 "새는 그의 가슴과 세상의 그것을 구별하지 않"는다는 것을 통찰한 시인에 대해서는 경탄할 수밖에 없는데, 나는 여기서도 새의 자리에 시인을 놓아봅니다. 위의 시인들의 글로 미루어보아 시인도 그의 가슴과 세상의 그것을 구별하지 않는다고 생각되기 때문이지요.

그리고 물론, 세상의 가슴과 자기의 가슴을 구별하지 않는 영혼에 의해 사물은 새로 태어나고 가치는 샘솟으며 그리하여 드문 기쁨을 맛보게 하는데, 이러한 것이 현대 세계에서 시가 하는 일일 거예요— 맹목적인 물신주의, 광신, 폭력이 망가뜨리고 있는 오늘의 세계에서.

내친김에 최근에 읽은 글 중에 시인을 정의한 재미있는 말이 있어서 소개해볼까 합니다. 아일랜드 시인 셰이머스 저스틴 히니Seamus Justin Heaney라는 사람이 자기의 에세이에서 러시아의 시인 만델스탐의 말을 인용한 걸 봤는데, 만델스탐은 시인을 "공기 훔치는 사람" 즉 "공기도둑"이라고 했다는데, 그 말을 설명하기 위해 구멍이 숭숭 뚫린 레이스와 도넛을 예로 들고 있어요. 레이스 만드는 사람은 "공기, 구멍 뚫기, 게으름 피우기"를 디자인하기 위해 레이스를 만들며, 도넛을 만드는 제빵사는 먹을 부분이 아니라 가운데 구멍을 만들기 위해 굽는다는 얘기입니다.

만델스탐은 혹독한 스탈린 치하에서 고통받다가 강제수용소에서 비명에 간 시인이라는 것을 염두에 둔다면 그의 시인=공기도둑이란 말을 좀더 잘 이해할 수 있을 것입니다.

김 시인이 공간에 대한 얘기를 꺼내서 하는 얘기인데, 가령 도

탄생하라고 빛을 가지고

넛에 뚫려 있는 구멍 같은 공간도 생각해보기 바랍니다. 극미에서 극대에 이르기까지 공간은 무수하며, 모든 공간은, 시적으로는, 꿈의 발원지(發源地)가 아닌 게 없습니다.

(2004년 2월 9일)

# 평온한 풍경

이 편지를 쓰려고 종이를 뭉텅 꺼내오면서 나는 혼자 소리 내서 웃었어요. 종이(백지)를 보면 왜 그렇게 좋은지…… 혹시 우울할 때 백지를 바라보는 '백지요법' 같은 걸 하나 개발해도 좋지 않을까…… 나는 하여간 종이 욕심이 있습니다. 한 장의 종이의 넓이와 깊이는 무한한 것인데, 아무것도 씌어지지 않은 백지는 그야말로 한없이 풍부한 무(無) ── 뭔가 태어나기 직전의 원초적 혼돈의 에너지가 떠돌면서 만들어내고 있는 지극한 고요, 역동적인 고요, 종이 한 장에 수렴된 무한…… 그런 것 때문에 마음이 조금 설레면서 즐거워지는 모양입니다. 창조하고 파괴하는 하느님의 우주, 아이들의 운동장 같은 것도 그런 게 아닐까요.

저번 편지에서 김 시인이 소개한 일본 시인의 시가 좋군요. 비유든 진술이든 묘사든 진정성이 있으면 감동을 줍니다. 생각이 머리에 떠오른다고 하지만, 시에서는 그게 가슴으로 느껴져서 안 흔적이 배어 있어야 읽는 사람의 마음에, 어린 시절 풀섶을 걸어가면 바지에 들러붙던 도깨비바늘처럼, 달라붙는 것이지요.

또 김 시인이 고교 시절에 연(鳶)을 뜻하는 한자를 만들어보았다는 얘기도 재미있습니다. 연에 부여한 의미를 물론 시도 공유하고 있지요.

시국이 어수선합니다. 보르헤스의 『칠일 밤』(송병선 옮김, 현대문학, 2004)이라는 책을 읽다가 보니까 한 아일랜드 작가가 "역사는 내가 깨어나기를 원하는 악몽"이라고 했다는데, 옳은 말이 아닌가 합니다. 어제저녁에는 내 일터의 건물에서 나서는데, 다시 말해서 예의 악몽 속으로 들어서는데, 저쪽에서 대여섯 명의 학생들이 웅기중기 모여 서서 이야기를 하고 있다가 인사를 해서 보니까 대학원에서 문학을 공부하는 학생들이에요. 저녁 시간에, 저쪽에서, 웅기중기 모여 서서 있는 모습이 나는 무척 좋습니다. 그게 좋은 까닭은 여러 가지이겠으나, 그들의 표정과 태도와 관련이 있을 것 같기도 하고 또 무엇보다도 그들은 '조용히' 이야기를 하고 있었다는 사실과 관련이 있는 듯합니다.

바깥이 시끄러운 거야 말할 것도 없지만, 그리고 시끄러움은 악몽의 필수 요소이지만, 이 캠퍼스도 이루 말할 수 없이 시끄럽습니다. 학생들이 밥 시켜 먹는다고 음식점 오토바이들이 끊임없이 폭주를 하고, 자동차들은 건물 턱 앞까지 구석구석 누비고, 복도나 로비에서 학생들은 왜 그렇게 시끄러운지…… 숨을 쉬기 어려운 오토바이의 독한 매연과 귀가 찢어지는 소음, 그리고 자동차나 또 다른 소음들은 필경 우리의 악몽의 필수 요소입니다. 어떻든 그러한 역사의 악몽 속에서, 무슨 그림자들처럼 웅기중기 모여 서서, 무엇보다도 '조용히' 이야기를 하고 있는 문학하는 학생들이 만드는 풍경…… 정치와 비즈니스로 온통 시끄러운 오늘날의 배경 때문에 그 모습이 더 예뻐 보였는지도 모릅니다.

전쟁이라든지 증오와 흥분의 소용돌이라든지 그런 안타까운 배경 때문에 어떤 모습이나 풍경이 클로즈업되기도 합니다.

그리고 역사라는 악몽 속에서, 그 폭력적이고 소란스러운 잠속에서, 긴장돼 있으면서 평온한 마음은 아주 소중한 게 아닌가 싶고, 그래서 그러한 모습은 감동적인 게 아닌가 합니다.


서둘러 끝냅니다.

우리가 서로 맞장구를 치면서 몇 번 편지를 주고받았습니다. 김소연 시인과의 동행을 자축하면서, 김 시인이 마지막에 적어준 릴케의 감동적인 시로 나도 화창을 할까 합니다.


쌀쌀한 도시에서

손을 잡고서

나란히 둘이서 걷는 사람만

언젠가 한 번은 봄을 볼 수 있으리.

(2004년 3월초)

# 시, 마음을 보살피는 일

이 글은 2010년 3월 시 잡지 『유심』 교실에서 한 강연록이다.

### 세상의 모든 처음

'처음'이라는 화두를 가지고 얘기를 시작해볼까 합니다. 저는 이 동네, 이 건물, 이 방에 처음 왔습니다. 잡지 관계자들을 비롯해서 사람들도 처음 만나는 사람이 많습니다. 따라서 이 시간도 저에게는 새로운 시간입니다. 모든 낯선 조우, 새로운 경험은 우리를 설레게 합니다. 이 설렘이 바로 시입니다…… 조금 달리 말씀을 드려보자면, 우리가 좋은 시를 읽을 때 느끼는 것입니다만, 시는 자기가 처음이고자 합니다. 언어의 처음, 감정의 처음, 인식의 처음…… 그래서 시는 자기가 첫 세상이고자 합니다…… 예를 들어 첫사랑, 첫눈, 첫걸음은 다 시입니다. 그 속에는 물론 모두 설렘이 들어 있지요. 시가 한 부족의 언어를 젊게 한다는 얘기도 위의 얘기와 맥락을 같이합니다.

우리는 지금 서로 보고 들으려고 이 자리에 모였는데, 그러한 바람, 그러한 의지의 열기가 있는 이 자리의 분위기, 처음 만들어진 이 분위기에 들어 있는 생생함이라고 할까 그런 것도 시이지요. 시는 지금−여기 있습니다. 말이 나온 김에 조금 바꿔서 말해 보자면 시는 지금−여기를 시적인 상태로 만들고자 한다고 해도 좋습니다. 여러 가지 예를 들어 볼 수 있겠습니다만, 제가 시(넓게는 예술)를 얘기할 때 잘하는 얘기입니다만, '앉은 자리가 꽃자리'라는 것이지요. 그러한 심정, 그러한 앎과 태도 속에 시가 들어 있습니다. 또는 그러고자 하는 마음 자체가 곧 시라고 해도 되고요. 덧붙일 필요도 없겠습니다만, 그런 얘기는 물론 우리의 앉은 자리가 꽃자리 되기가 어렵기 때문에 나오는 얘기일 것입니다.

거기에는 물론 순간이 영원이라든지, 운명을 사랑한다든지 변함없이 중요한 지혜가 들어 있습니다. 어떻든 시를 비롯해서 모든 예술은 궁극적으로 긍정의 한 형식이니까요.

**두 가지 자기애**

원래는 내 어린 시절 얘기에서부터 이야기를 풀어가볼까 했었는데, 여기 와서 보니까 느낌이 있어서, 이 자리에서 느낀 것에서부터 이야기가 시작되었습니다.

어린 시절 얘기를 좀 해보겠습니다. 시인의 어린 시절은 그 시적 영혼의 모태이고 영감의 원천입니다. 한 시인의 작품에 들어 있는 개성, 특징의 뿌리는 어린 시절에 닿아 있지요. 시인의 일생의 모든 시기가 물론 작품에 영향을 주겠지만, 특히 어린 시절이 중요한 것은 그 시절에 겪은 일들이, 생물학에서 말하는 유전자처럼, 작품의 DNA라고나 할까, 그런 거라고 생각되기 때문입니다. 나무나 옷감에 결이 있듯이 영혼의 결을 결정하는 원체험(原體驗)이라고 할 수 있지요.

제 어린 시절의 자연 체험에 관해서는 여러 번 얘기했기 때문에, 대단히 중요한 것이지만, 생략하고요, 그동안 하지 않은 얘기를 하나 하겠습니다.

저는 초등학교 초급 학년 때부터 물지게를 졌습니다. 경기도 고양군 화전에 살 때였는데, 그때는 우물물을 길어다 먹었어요. 바로 위 누나하고 허구한 날 네가 긷느니 내가 긷느니 실랑이를 하면서 길어다 먹었는데, 지게 양쪽에 우리가 보통 쓰는 양동이만 한 물통이 달려 있어서 어린아이한테는 여간 무거운 게 아니었지요. 어깨가 휘고 허리가 휠 지경이었으니까…… 그것 때문에 어깨는 실제로 좀 휘었을 거예요. 말하자면 그때 벌써 실존의 한없는 무거움을 겪은 거지요. 가난은 나라 전체의 현실이었으니 제대로 먹지도 못하면서 아홉 살, 열 살짜리가 집안의 노동력이었습니다. 지게는 물지게뿐만 아니라 산에 가서 땔나무를 해왔으니 나무를 지고 오는 지게도 졌어요. 그리고 4학년 때인지 6·25가 났지요. 전쟁 이후 1970년대까지 어떻게 피폐한 삶을 살았는지에 대해서는 더 얘기할 것도 없습니다.

조금 다른 얘기가 되겠습니다만, 김수영이 1960년대 후반쯤

시, 마음을 보살피는 일

인지 무슨 시월평(詩月評)에서 젊은 시인들의 시에 고통이 없다고 썼는데, 그건 대단히 잘못된 평이었어요. 모두들 살아남은 게 기적이다 싶게 고생을 했으니까요. 가령 포로수용소 생활을 하지 않았다고 해서 고생을 모른다고 하면 곤란합니다. 우리는 작품에서 '서럽다'는 말을 별로 하지 않았을 뿐이지요. 누구의 삶이 더 서러운 삶이었느냐 비교하는 건 우스꽝스럽지요. 다 고생스럽게 살았으니까요…… 제 말씀은 비슷비슷하게 고생을 한 사람에게 너는 고통이 부족하다고 하는 건 아주 사디스틱하다는 겁니다. 가학(加虐)이에요. 죽으라는 얘기나 똑같지요.

고생스럽게 산 사람들이 스스로 경계해야 할 일이 바로 가학적이 되어서는 안 된다는 것입니다. 삶의 기쁨도 모르고 행복해본 적도 없어서 기쁨이니 행복이니 하는 것에 대해 무감각해졌다고 하더라도, 그렇다고 해서 가학적으로 될 것까지는 없겠지요.

여러분도 다 겪어서 아시는 일이지만, 우리가 웃을 때 즐거워 죽겠어서 웃는 것만은 아니지 않습니까. (웃음) 내 대학 시절 시를 쓰는 선배의 여자 조카가 있었는데, 이 처녀는 굉장히 명랑했어요. 하이퍼[超]—명랑이라고나 할지 하여간 그렇게 명랑했는데 자살했어요. 명랑한 사람을 유의해 봐야 합니다. (웃음)

하여간 아까 물지게 얘기로 돌아가서, 어려서 그렇게 무거운 걸 지고 나른 것이 나중에 저의 삶에 대한 태도나 예술에 대한 생각에 영향을 주었겠지만, 제가 말씀드리고 싶은 건 그때 물을 길으러 가서 우물 속을 들여다본 일에 관해서입니다. 우물에 가서 두레박을 깊은 우물에 넣어 물을 퍼서 통에 담아 곧장 지고 오기만 한 게 아니었어요. 우물 속을 들여다보면서 소리를 지르는 놀이도 했습니다. 아이니까요. 우물 속에 대고 소리를 지르면 우렁우렁 메아리가 돌아오는데, 그게 어린 저에게 재미있는 놀이였습니다. 또 그 우물 속에는 하늘도 비쳐 있고 내 얼굴 그림자도 비쳐 있었습니다. 바슐라르는 『물과 꿈』이라는 책에서 지상의 호수를 지구의 눈동자라고 했는데, 우물도 마찬가지입니다. 우물에도 구름이라든지 달이라든지 하늘이 비쳐 있으니 우주적인 눈동자인데, 그 우물 속에 비친 내 영상은 말하자면 우주에 비친 내 영상이었던 것입니다. 어려서 그런 놀이를 한 것을 나는 아주 다행스럽게 생각하는데요, 특히 시를 쓰는 사람으로서 그렇다는 말씀인데, '우주에 투영된 나'의 영상을 지니고 살게 되었기 때문입니다. 우물 속의 내 그림자에서 그야말로 '한 사람의 타자'를 보았다고 할 수도 있겠지요.

그런 체험이 다행스럽다고 하는 이유를 한두 가지 말씀드리는 게, 여기 시인들도 많이 계시고 하니까 좋을 것 같은데, 그 우물에 비친 영상이 기억 속에 박혀 있기 때문에 내가, 역시 바슐라르의 분류를 빌려, '이기적 나르시시즘' 쪽보다는 '우주적 나르시시즘' 쪽에 가까운 주민이 되지 않았나 싶기 때문입니다. 앞의 것이 '병든 자기애(自己愛)'라고 한다면 뒤의 것은 말하자면 '건강한 자기애'라고 할 수 있지 않을까 합니다. 힌두교에서 '내가 곧 그것이다' 할 때의 그 '나'가 시인의 '나'이어야 합니다.

그런데 '병든 자기애'에 빠져 있는 시인이 꽤 있어요. 유명한 사람도 있어요. 그런 걸 가려내고 평가할 수 있는 안목을 키워야 합니다. 그런 사람이 작품을 써봤자 그게 무슨 가치가 있겠습니까. 제가 몇 번 인용한 말입니다만, "가짜 시인은 거의 언제나 타자의 이름으로 자기 자신에 대해 말한다. 진짜 시인은 자기 자신에게 말할 때도 타자와 이야기한다"(옥타비오 파스)는 말은 변함없이 옳은 말일 터니까요.

## 시, 마음을 보살피는 일

현대 세계는 기술이 지배하는 세계, 기술에 의해 돌아가는 세계라고 해도 좋을 터인데, 이 기술은 또 항상 새로운 기술을 만들어내야 한다는 숨 가쁜 강박에 사로잡혀 있습니다. 그리고 이 강박은 물론 경쟁적인 돈벌이에 그 뿌리를 두고 있고, 개인, 회사, 국가 등을 망라한 차원에서 살아남기 위한 필수 조건이 되어버렸습니다. 그런데 그러한 과정 속에 '마음'이 있는지 모르겠어요.

그리고 또 전 인류가 그 기술 제품들의 소비자인데, 나날이 변하는 그 기술에 적응하느라고 정신이 없으니(편의와 속도의 관점에서는 발전이겠으나 다른 관점에서는 그렇지 않을 터인데) 그 정신없는 과정 속에 또한 '마음'이 있는지 알 수 없습니다.

'마음'에 관해서는 여러 어려운 얘기들이 있겠습니다만, 여기서는 단순하게 '이게 과연 잘 사는 것인가' 하고 생각하는 마음이라고 말씀드리겠습니다. 마음도 기술과 마찬가지로 나날이 새로워져야 합니다. 그러려면 말할 것도 없이 마음을 위한 공부를 해야겠지요. 저는 이 나이까지 살면서 마음공부에 아주 게을렀구나 하는 느낌을 갖습니다만, 마음은 잘 보살펴야(몸과 마찬가지로) 건강하고, 생기를 잃지 않습니다. 우리가 감각이다, 의식이다, 감정이다 하는 것들이 '마음'이라는 말 속에 다 들어 있는데, 그것들이 무디거나 거칠어지지 않고, 항상 민감하고 밝게 보고 더 나아가서는 고요한 시간을 가져서 모든 게 잘 비추는, 여기가 『유심』 사무실이니까 '해인삼매(海印三昧)'라는 말 있지 않습니까, 하여간 그런 마음을 유지하려면 마음을 잘 보살펴야 합니다.

시를 쓰고 읽는 것은 다름 아니라 마음을 보살피는 일입니다. 물건도 자주 닦아야 윤이 나듯이 마음도 잘 보살펴야 빛이 납니다. 저 자신 그 일을 하는 데 부지런하지 못했습니다만…… 어떻든 온 세상이 새 기술을 위해 돌진하고 있는 오늘날, 시 쓰기와 읽기는 마음을 새롭게 하는 일, 마음을 보살피는 일을 하는 것이라고 말씀드릴 수 있겠습니다.

시, 마음을 보살피는 일

# 시, 꿈의 생산성을 향하여

이 글은 2000년 대산문화재단이 주최한 국제문학포럼에서 발표한 글이다.

**1**

내 일터의 방 창밖에는 참나무와 홍단풍나무 여러 그루가 서 있다. 바라보면 하늘을 배경으로 그 나무들의 상반신이 보이는데, 잎이 무성한 여름이면 "땅이 부풀어 올랐구나" 하는 느낌과 함께 내 가슴도 부풀어 오른다.

숲은 분명히 땅이 부풀어 오른 것, 땅이 떠오른 것이어서 그걸 바라보는 사람의 마음도 부풀어 오르게 하지만, 시 역시 바로 그 나무─숲과 마찬가지로 부풀어 오른 말이라는 얘기를 하기 위해 나의 시 한 편을 먼저 읽어볼까 한다.

> 세상의 나무들은
> 무슨 일을 하지?

그걸 바라보기 좋아하는 사람,

허구한 날 봐도 나날이 좋아

가슴이 고만 푸르게 푸르게 두근거리는


그런 사람 땅에 뿌리내려 마지않게 하고

몸에 온몸에 수액 오르게 하고

하늘로 높은 데로 오르게 하고

둥글고 둥글어 탄력의 샘!


하늘에도 땅에도 우리들 가슴에도

들리지 나무들아 날이면 날마다

첫사랑 두근두근 팽창하는 기운을!

—「세상의 나무들」전문

(『세상의 나무들』, 문학과지성사, 1995)


위의 작품에서 "나무"라는 말 대신 '시'라는 말을 넣어 읽으면
그대로 시에 관한 작품이 된다. '세상의 시들'이 되어 왜 시를 쓰
는가, 왜 시를 읽는가에 대한 한 대답이 될 수도 있겠다. 시는 어
떻든 우리의 가슴을 푸르게 푸르게 두근거리게 하고, 땅에 뿌리
내려 마지않게 하며, 온몸에 수액 오르게 하고, 하늘로 높은 데로
오르게 하고, 둥글고 둥글어 탄력의 샘이다. 그러니 그것은 첫사
랑과 같이 우리의 가슴뿐만 아니라 가슴 바깥 세상도 두근두근

시, 꿈의 생산성을 향하여

팽창하게 하는 것이다!

부풀어 오른 땅, 상승하고 있는 땅인 나무는 그걸 바라보는 사람의 마음 또한 부풀게 하여 노래하게 하고, 부풀어 오른 말인 그 시는 또 그걸 읽는 사람의 마음을 솟아오르게 한다.

생각해보자. 우리가 어떤 땅에 뿌리내리지 않고 어떻게 살 수 있겠는가. 두말할 필요도 없이 그건 우리의 운명이지만, 그건 또 다른 필연성을 기약한다는 점에서 운명적이다. 위로 솟아오른다는 게 바로 그것이다.

나무의 실제적인 미덕과 상징적 의미는 여러 가지이지만, 땅과 하늘, 무거움과 가벼움, 상승과 하강의 통일을, 무슨 추상적인 담론이 아니라 실물(實物)로 보여주고 있다는 것도 그중의 하나다. 그리고 탄력적이지 않고는 상반되는 것처럼 보이는 상태나 서로 다른 방향으로 움직이는 운동을 통일할 수 없다. 나무는 그리하여 항상 눈앞에 있는 탄력의 화신이며, 그래서 그건 아름답고 불가불 우리의 경탄을 자아낸다.

물론 나무의 색깔(초록)과 형태(둥긂)의 앙상블이 "직립에 도취해 있는" 나무에 우리가 도취되는 중요한 요소지만, 어떻든 나무를 바라보면서 우리는 탄력의 샘의 샘물을 마시며, 그리하여 그건 언제나 우리의 첫사랑인 것이다.

그리고 앞에서 얘기한 대로, 나무의 성질과 우리가 그것에 부여하는 가치는 바로 시의 성질이며 가치다. 시는 실존의 굴레와 세속의 조건 속에 진행되는 삶이 낳은 것이지만, 그러한 굴레와 조건을 뛰어넘으면서 새로운 시간과 다른 공간을 창조한다. 모든 모순되는 것들을 에너지의 원천으로 만드는 상상적 도약은 시의 언어를 모든 언어 활동 중에 가장 탄력적인 것으로 만든다. 그리하여 나무라든지 숲 속의 맑은 공기가 우리 심신의 강장제이듯이 시 또한 심신의 강장제가 되는 것이다.

나는 시를 가리켜 인공 자연이라고 말해왔지만, 옛날이나 지금이나 자연이 하는 일과 시가 하는 일은 비슷하다. 그리고 시를 쓸 때 나는 강장제를 만드는 셈이고 시를 읽을 때는 그걸 복용하는 셈이다.

## 2

다시, 옛날이나 지금이나 시인은 꿈꾸는 사람이다. 자연을 비롯해서 모든 사물은 시인의 꿈을 촉발한다. 다시 나무를 예로 든다면, 벌목 회사는 나무가 돈으로 보이고 열대림은 다만 엄청난 돈뭉치로 보이겠지만 시인은 나무나 열대림을 보는 순간, 도취와 경탄 속에서 즉시 꿈을 꾸기 시작한다. 그 꿈의 내용은 앞에서 조금 얘기했지만, 이 꿈이 얼마나 가볍고 경계가 없고 역동적이냐 하면, 사물 자신이 꿈을 꾸고 있음을 느끼고 알 정도다. 이렇게 되면 어디까지가 나고 어디까지가 나 아닌지 알 수 없게 되는데, 이것이 시를 두고 "언어의 에로티시즘"이라고 할 때 뜻하는 바 중의 하나일 것이다(그 말은 시 작품의 내적 질서를 가리키기도 할 것이다. 돌이킬 수 없게끔 말해진 단어들의 결합과 공명, 의미와 소

시, 꿈의 생산성을 향하여

리, 형식과 내용의 유기적인 통일 등).

또는 불교에서 화엄경의 세계를 말할 때 쓰는 해인삼매── 물결이 잔잔해진 바다에 삼라만상이 비치듯이 나와 세계가 서로 감싸고 감싸이면서 서로가 서로 속에 있는 상태, 세계가 세계 스스로를 알고 있다는 이른바 대삼매(大三昧)와 비슷한 것 같기도 하지만, 자연에 비하면 종교는 벌써 인위적인 것이어서 좀 불순하고 억압적이라는 게 나의 느낌이다. 그래서 나는 가령 꾀꼬리 소리를 모든 경전의 위에 놓기도 한다.

5월 7일 오전 9시 43분
올해 첫 꾀꼬리 소리
얼마나 반가운지,
소리나는 쪽을 쳐다보고
또 쳐다보고.

올해도 꾀꼬리는 날아왔다.
마음놓인다, 꾀꼬리야,
(걱정 많은 생명계의 균형의
숨은 움직임을 번개처럼 알리니)
네 소리의 품속에 안기고 또 안긴다.
네 소리의 경전(經典)에 비하면
다른 경전들은 많이 불순하다

번개처럼 귀밝히며

또한 천지를 환히 관통하는

이 세상 제일 밝은 광음(光音), 새소리!

아, 올봄도 꾀꼬리는 날아왔다

1991년 5월 7일 오전 9시 43분.

           —「올해도 꾀꼬리는 날아왔다」 전문

             (『한 꽃송이』, 문학과지성사, 1992)

    자연의 신호와 소리 들은 원래 인간의 생각이나 언어를 압도하는 것이어서 나는 별수 없이 새소리 삼매, 나무 삼매에 들지만, 해가 바뀌어 봄이 와서 첫 꾀꼬리 소리를 들었을 때의 감격은 그 소리가 들린 시각까지 기록하게 했고, 그렇게 기록함으로써 내가 자연의 흐름과 질서에 참여한다는 뿌듯함을 느끼기도 했다.

    자연은 종교나 철학, 과학 등 인간이 그럴싸한 목적과 기능을 내세우며 만들어낸 그 어떤 방편보다도 한층 더 뜻깊고 건강하고 유용한 에너지의 원천이다. 그래서 에머슨의 다음과 같은 말은 언제 읽어도 적절한 말로 들린다. "자연을 사랑하는 사람은 내부의 감각과 외부의 감각이 여전히 서로 참된 조화를 이루고 있는 사람, 말하자면 어른이 되어서도 유아기의 정신을 간직하고 있는 사람이다. 이런 사람에게 대지와 하늘과의 만남은 그가 먹는 나날의 음식의 일부가 된다. 자연을 앞에 두면, 그는 아무리 슬픈 일이 있더라도 야생의 환희가 온몸을 관류함을 느낀다. 자연은 말한다. 그는 나의 창조물이니 아무리 힘겨운 슬픔이라도 모두 이겨낼 것이다. 그는 나와 함께함으로써 즐거울 것이다. 비단 태양이나 여름만이 아니라, 매 시간 매 계절이 각각 환희의 선물을 바친다. 왜냐하면 숨결조차 느낄 수 없는 정오에서 가장 섬뜩한 밤중에 이르기까지 모든 시간과 모든 변화는 마음의 여러 다른 상태에 조응된 것이고, 또 그것을 불러일으킨 것이기 때문이다……"(『자연』, 신문수 옮김, 문학과지성사, 1998, p. 20).

우리가 나날이 먹는 음식은 물론 모두 자연에서 온 것이지만, 우리는 음식을 입으로만 먹는 게 아니다. 눈으로 보는 것, 귀로 듣는 것, 코로 냄새 맡는 것, 피부로 접촉하는 것들도 모두 우리의 음식이다. 나무라든지 맑은 공기, 새소리 등이 강장제라고 말했지만, 또 한 예로 "천지 밑 빠지게 우르릉대는 천둥"은 그야말로 야생의 법열에 들게 하면서 번개처럼 어떤 느낌에 잠기게도 한다.

여름날의 저
천지 밑 빠지게 우르릉대는 천둥이 없었다면
어떻게 사람이 그 마음과 몸을
씻었겠느냐
씻어
참 서늘하게는 씻어

문득 가볍기는 허공과 같고

움직임은 바람과 같아

왼통 새벽빛으로 물들었겠느냐


천둥이여

네 소리의 탯줄은

우리를 모두 신생아로 싱글거리게 한다

땅 위의 어떤 것도 일찍이

네 소리의 맑은 피와

네 소리의 드높은 음식을

우리한테 준 적이 없다

무슨 이념, 무슨 책도

무슨 승리, 무슨 도취

무슨 미주알고주알도

우주의 내장을 훑어내리는 네

소리의 근육이 점지하는

세상의 탄생을 막을 수 없고

네가 다니는 길의 눈부신

길 없음을 시비하지 못한다

—「천둥을 기리는 노래」 부분

(『사랑할 시간이 많지 않다』, 세계사, 2005)

시, 꿈의 생산성을 향하여

이 작품은 천둥이 하는 일과 의미를 나름대로 매개하고 있는 것이겠지만, 나는 시가 하는 일도 거기서 멀지 않다고 생각한다. 나중에 말씀드리겠지만, 나는 시를 가리켜 깃–언어라고 얘기한 적이 있다. 우리의 몸과 마음을 허공과 같이 가볍게 하고 통풍을 잘 시키며 온통 새벽빛으로 물들이는 언어. 시를 쓰거나 읽을 때 우리는 그 시의 공간 속에서, 태아와도 같이, 맑은 피와 드높은 음식을 공급받는다. 천둥이 칠 때 우주라고 하는 태(胎) 속에서 그러한 피와 음식을 공급받아 시가 태어났듯이, 시를 통해서 우리는 새로 태어나는 느낌, 어떤 시작(始作)의 느낌, 새벽빛에 물드는 느낌 속에 있게 된다.

우리를 끊임없는 시작 속에 있게 하는 힘, 마음을 여명의 빛과 같은 분위기에 물들게 하는 힘, 사물을 새로 태어나게 하고 일들을 새롭게 보게 하는 힘, 그게 바로 꿈의 생산성, 따라서 시의 생산성이다.

"상상은 어떤 마약보다도 강력한 마약"이라는 말도 있고 "꿈으로 장식되지 않은 것은 이 세상에 단 한 가지도 없다"는 말도 있지만, 꿈꾸는 마음은 태나 알과 같고 그가 있는 공간과 시간 역시 태나 알이 되어 서로가 서로를 배고 있는 세계인데, 나의 근작시 「때와 공간의 숨결이여」(『갈증이며 샘물인』, 문학과지성사, 1999) 역시 꿈의 생산성의 한 예가 아닌가 싶다.


내가 드나드는 공간들을 나는 사랑한다.

집과 일터

이 집과 저 집

이 방과 저 방,

더 큰 공간에 품겨 있는

품에 안겨 있는 알처럼

꿈꾸며 반짝이는 그 공간들을

나는 사랑한다.

꿈꾸므로 반짝이고

품겨 있으므로 꿈꾸는

그 공간들은 그리하여

항상 태어날 준비가 되어 있다.

항상 새로 태어나고 있다.

어리고 연하고 해맑은

그 공간들의 태내(胎內)에 나는 있고

나와 공간들은

서로가 서로를 낳는다.

서로 품어 더욱 반짝여

서로가 서로를 낳는 안팎은

가없이 정답다.


꿈꾼다는 것은 품는다는 것이며 또한 자기가 꿈꾼 것의 품에
안긴다는 것이기도 하다. 그럴 때 안팎의 경계는 없어지며, 공간

시, 꿈의 생산성을 향하여

들은 서로가 서로를 낳는 상호태(相互胎)가 된다.

한편 꿈꾸어진 시간은 항상 태초다.


그 공간을 드나드는 때를 또한

나는 사랑한다.

들어갈 때와 나갈 때,

그 모든 때는 태초(太初)와 같다.

햇살 속의 먼지와도 같이

반짝이는 그 때의 숨결을

나는 온몸으로 숨쉬며

드나든다, 오호라

시간 속에 비장(秘藏)되어 있는 태초를

나는 숨쉬며

드나든다.

모든 때의 알 또한

꿈꾸며 반짝이며

깃을 내밀기 시작한다.

시간이란 그리하여

싹이라는 말과 같다.

시간의 태(胎)가 배고 있는 모든

내일의 꽃의 향기를

(폐허는 역사의 짝이거니와)

그 때들은 꽃피운다.

시적 공간과 마찬가지로 시적 시간 역시 알과 같고 싹과 같은데, 이 역시 꿈의 생산성이며, 현재를 중심으로 원형을 이루며 한껏 팽창한다.


## 3

오늘날 전 세계의 카지노화니 시장전체주의라는 말들이 적절히 드러내고 있듯이 온 세상이 장바닥이 되었고, 오로지 돈 때문에 저질러지는 자연 파괴, 환경오염은 인간성 파괴와 오염의 지표가 되고 있지만, 이 세상이 좀더 살 만한 세상이 되기 위해서는 사물을 실용성의 차원에서만 보지 않도록 하는 공부가 더욱더 필요하다고 하겠다.

나는 서울에 살면서 매일 자동차를 타고 다니지만, 자동차가 움직이는 걸 보면 그건 사람이 운전을 하는 게 아니라 쇳덩어리인 자동차가 저 혼자 생각 없이 굴러다닌다고 생각될 정도로 거칠게 움직인다. 인성(人性)이 아주 거칠어졌다는 얘기이고 우리가 사람에게 바라고 싶은 생각이나 느낌 없이 움직인다는 얘기인데, 너무 부정적인 말일지 모르겠지만, 이제 사람이 더 이상 사고와 느낌의 주체가 아니지 않나 하는 의심이 들기도 한다.

벌써 여러 해 전에 나는 그런 생각과 느낌을 작품으로 쓰기도 했는데, 내 느낌으로는 오늘날 생각의 주체는 돈과 물질인 것 같다. 생각의 주체는 더 이상 사람이 아니고 돈과 기계와 물질과 상품들이라는 떨쳐버릴 수 없는 느낌.

이럴 때 시 쓰기는 물질적, 경제적 생산성에 중독되어 맹목적으로 굴러가는 이 흐름을 거슬러 꿈의 생산성을 높이고자 하는 것이다. 다시 말해서 유용성의 차원에 갇혀 있는 사물을 미적 차원으로 해방하여 아름다움이라는 새로운 가치를 지니게 하는 것이다.

몽상은 모든 예술 창조의 전제 조건이지만, 예술하는 사람은 어떤 걸 차지하겠다는 욕심에 앞서서, 어떤 걸 보면서 그의 생리에 따라 꿈을 꾸기 시작한다. 이 꿈은 시인에게는 불가항력적인 것인데, 그건 그의 생리이기 때문에 거의 자동적인 것이라고 할 수 있다. 그리고 그의 꿈꾸는 모태를 통해서 사물은 쓰고 버리는 물건, 소비하고 쓰레기가 되는 물건, 돈벌이가 되는 물건이 아니라 아름다운 것이 되어 세계는 새로운 질서와 감동 속에 있게 된다.

예를 들 만한 작품이 많겠지만, 네루다의 「나와 함께 태어나는 것What Is Born With Me」이란 작품의 전반부를 읽어보겠다.

나는 이 자유로운 순간 나와 함께
태어난 풀에 화창하고, 치즈의
발효, 초의 발효, 첫 정액의
분출의 비밀에 화창한다, 나는

마악 젖꼭지에 솟아오르는 백색

속에 나오고 있는 우유의 노래에 화창하고

외양간의 생산성에 화창하며,

커다란 암소들의 갓 눈 똥—그 냄새에서

수많은 푸른 날개가 날아 나오는 그

갓 눈 똥에 화창한다, 나는

지금 일어나고 있는 일에 대한 아무 변경 없이

꿀을 갖고 있는 뒝벌에 화답하고,

소리 없이 싹트고 있는 지의루(地衣類)에 화답한다.

끊이지 않고 울리는

영속하는 북소리와도 같은

존재에서 존재에로 이어지는 진행, 그리고 나는

그 태어나는 것들과 함께

태어나고 태어나고 또 태어난다. 나는

자라는 것들과 하나이며,

나를 둘러싼 모든 것들의 퍼져나간 침묵과 하나이다.

짙은 습기 속에 군생(群生)하며 번식하는,

줄기들 속에, 호랑이들 속에, 젤리 속에 번식하는 것들의 미만한

침묵과.


　우선 여기 나오는 치즈, 초, 우유, 꿀, 젤리, 포도주 같은 것들
은 시인에게는 다만 먹어야 할 물건들이 아니며, 상품은 더더구

나 아니다. 시인은 그 모든 생명 현상에 도취하고 동화되어 태어나고 자라나는 것에 합류하는데, 찬탄하고 화창하는 꿈의 생리에 따라 마악 태어나는 것들과 더불어 태어나지만, 또한 그것들은 시인의 꿈이라는 모태를 빌려 새로 태어난다. 즉 유용성에 갇혀 있는 세계에서는 기대하기 어려운 미적 가치를 지니게 되는 것이다. 사물은 한층 존중되고 사랑받으며 다른 질서 속에 있게 된다.

그리고 아름다움이 우리를 얼마나 기분 좋게 하는지, 감정의 풍선을 부풀리고 상상력을 가동시키는지, 어느 날 내가 버스 안에서 겪은 일은 이를 잘 보여준다. 버스 안에는 장미꽃 다발을 든 여자가 앉아 있었는데, 조금 뒤 다음 정거장에서 국화꽃 다발을 든 남자가 또 탔다. 버스에 꽃다발을 든 사람이 두 사람이나 타고 있는 걸 보는 일은 흔한 일이 아니다. 그 순간 버스는 이륙을 하여 날아올랐다.

내가 타고 다니는 버스에
꽃다발을 든 사람이 무려 두 사람이나 있다!
하나는 장미―여자
하나는 국화―남자.
버스야 아무 데로나 가거라.
꽃다발을 든 사람이 둘이나 된다.
그러니 아무데로나 가거라.

옳지 이륙을 하는구나!

날아라 버스야,

이륙을 하여 고도를 높여가는

차체의 이 가벼움을 보아라.

날아라 버스야!

— 「날아라 버스야」 전문(『갈증이며 샘물인』)

두 꽃다발의 예기치 못한 동력은 버스의 난폭함과 일상적 되풀이의 권태 따위를 일거에 떨쳐버리고 이륙을 했던 것이다. 그리고 나는 시가 이 세상에서 하는 일이 또한 그 버스 안에서 꽃다발이 한 일과 같기를 바란다.


**4**

그런데 현실적인 문제들에 대한 시 쓰기도 몽상적 비전이나 상상적 통합 속에서 이루어지며 이것이 불가불 시적 대응의 특징이라고 할 수 있다.

예를 들어 오늘날 대단히 중요한 문제 중의 하나인 생태계, 환경 문제만 하더라도, 시는 다른 방식의 대응과 달리 아주 작고 개별적인 생명에서부터 우주적인 현상에 이르는 생명의 연쇄에 대한 감각과 비전을 보여줄 수 있다. 그래서 생명의 유기적 연쇄에 대한 느낌을 날카롭게 하고 인식을 절실하게 하는 것이 추상적인 진술이 하기 어려운 시의 힘이 아닌가 한다. 손으로 만지는 것처럼 아는 것이다.

감정의 참됨과 인식의 철저함이 시에 밀도를 더하여 시를 간절한 발언 형식으로 만드는데, 여기에 가세하는 어쩌면 더 중요한 요소가 표현 방식일 것이다. 그리고 그중에서 시의 참됨의 정도를 재는 순분(純分) 증명을 하는 게 어조다. 어조는 그럴싸하게 꾸밀 수 없고 속일 수가 없기 때문이다.

어떻든 나는 그동안 만물의 유기적 연쇄, 생명의 한통속에 관한 몽상에 잠기곤 했는데, 그 결과 중의 하나가 「이슬」(『세상의 나무들』)이라는 작품이다. 이슬 한 방울이 생기기 위한 우주적 과정, 이슬 한 방울에 우주가 들어 있다는 얘기가 되겠는데, 먼저 우리의 정신 활동, 마음의 열망이 자연의 생명체나 사물에 대응되어 있다. 나무가 곧 시라는 얘기는 앞에서 했지만, 구름=철학, 새=꿈, 곤충=외로움, 지평선=그리움, 꽃=기쁨이라는 것이 전반부의 내용인데, 그중 새=꿈이라는 데 대해서만 부연을 하자면 날고 싶어하는 것이 인간의 근원적인 꿈이기 때문이다. 후반부를 읽어보자.

> 나무는 구름을 낳고 구름은
> 강물을 낳고 강물은 새들을 낳고
> 새들은 바람을 낳고 바람은
> 나무를 낳고……

열리네 서늘하고 푸른 그 길

취하네 어지럽네 그 길의 휘몰이

그 숨길 그 물길 한 줄기 혈관……


그 길 크나큰 거미줄

거기 열매 열은 한 방울 이슬―

[진공(眞空)이 묘유(妙有)로 가네]

태양을 삼킨 이슬 만유(萬有)의

번개를 구워 먹은 이슬 만유의

한 방울로 모인 만유의 즙―

천둥과 잠을 자 천둥을 밴

이슬, 해왕성 명왕성의 거울

이슬, 벌레들의 내장을 지나 새들의

목소리에 굴러 마침내

풀잎에 맺힌 이슬……


　또 과학적인 발견이나 정보에 자극되어, 역시 놀라움과 경탄 속에서 작품이 씌어지기도 하는데, 가령 태양을 관측하는 인공위성이 엄청난 화염 폭풍(엑스레이 방출)에 휩싸여 있는 태양을 찍은 사진을 보고,


　　내 몸의 방사능도 피도 열 올라 소용돌이친다

[삼생(三生)이 다 그렇듯이

우리가 다 흙이며 물이듯이

우리는 또 항상 열(熱) 아니냐]


다하지 않은 에너지

하늘의 화륜(火輪)이여

너는 나무들과 꽃들과

씨앗과 피톨의,

그 둥근 불꽃들의 화창(和昌)에 또한

싸이거니와

너를 휩싸는 내 노래의 소용돌이도

인공위성은 찍어야 하리


불타는 둥근 거울이여

나에게 인화(引火)되어

내 속에

굴러다니는 화륜(火輪)이여

　　　　　—「하늘의 화륜(火輪)」 전문(『세상의 나무들』)


라고 노래하기도 했고, 1993년 어느 날에는 『LA타임즈』에서 다
음과 같은 기사를 읽고 자극되어 「밤하늘에 반짝이는 내 피여」
라는 작품을 쓰기도 했다.

은하수 너머 머나멀리, 여기서 천이백만 광년 떨어진 데서 초신성(超新星)이 지금 폭발 중인데, 폭발하면서 모든 별들과 은하군(銀河郡)의 에너지 방출량의 반에 해당하는 에너지를 방출하고 있다.

지구 은하계 너머, 나선형 M-81 은하계에서 발견된 특히 빛나는 이 초신성 1993J의 크기는 지구가 속해 있는 태양계만 한데, 폭발하는 별은 죽어가면서 삶을 계속하고 있다. 그건 다른 별들을 만드는 물질을 분출할 뿐만 아니라 생명 바로 그것의 구성 요소들을 방출하기 때문이다.

우리 뼛속의 칼슘과 핏속의 철분은 태양이 생겨나기 전에 우리 은하계에서 폭발한 이 별들 속에 들어 있었던 것이다.


이 놀라운 기사를 읽고 몽상적이 되지 않을 영혼이 없겠지만, 나는 즉시,


너 반짝이냐

나도 반짝인다 우리

칼슘과 철분의 형제여.


멀다는 건 착각

떨어져 있다는 건 착각

이 한 몸이 삼세(三世)며 우주

죽어도 죽지 않는 통일 영물(靈物) ―


시, 꿈의 생산성을 향하여

[⋯⋯]

밤하늘에 반짝이는 내 뼈여

밤하늘에 반짝이는 내 피여

—「밤하늘에 반짝이는 내 피여」 부분

(『세상의 나무들』)

라고 화창(和唱)을 하지 않을 수가 없었다. 그러니까 우리가 어린 시절에 노래하던 "별 하나 나 하나, 별 둘 나 둘"이 허황되고 동화적이기만 한 게 아니라 과학적인 근거가 있었다는 사실이 새삼 놀랍고, 땅의 거주자인 우리가 실은 천상적, 우주적 존재이기도 하다는 실감에 잠기면서 우리의 피와 뼈가 별처럼 반짝인다고 노래할 수 있었던 것이다.

극소(極小)의 세계에서부터 극대의 세계까지 자연의 내밀(內密)에 항상 촉수가 닿아 있다는 점, 보이는 움직임이나 보이지 않는 움직임을 막론하고 자연, 생명의 움직임을 물활론(物活論)적 교감 속에서 느끼고 있다는 점에서 시인은 미개인이다. 동물적 본능으로 뭘 안다는 점에서도 마찬가지다.

그리고 문명의 조급함과 과욕, 근시적 파괴성과 불건강에 대하여 자연의 유장함과 변경할 수 없는 절도의 필연성에 따른 순환, 그리고 건강함을 매개하는 것이 시의 몫일 것이다. 심지어 문명을 찬양하는 노래라고 하더라도 그 언어에 자연의 숨결이 배어 있지 않으면 작품으로서 성공할 수 없다는 것이 나의 생각이다.

## 5

여러 해 전 새벽에 나는 내 일터의 숲으로 걸어 들어간 적이 있다. 아직 어두워 잘 보이지 않는 숲길을 더듬어 가는데 동이 트면서 나무들의 초록빛이 드러나기 시작하고 숲길이 하얗게 떠올랐다. 그 순간의 감격을 산문으로는 다 표현할 수 없겠지만, 초록빛도 숲길도 그야말로 떠올랐는데, 그도 그럴 것이 그것들은 동이 트면서 어둠에서부터 나타났기 때문이다. 동이 트는 순간에 숲에 있으면, 천지창조가 옛날에 있었던 일이 아니라 지금도 진행 중이며 매일같이 일어나고 있다는 걸 실감하게 된다.

그런데 조금 더 걸어가자니 하얗게 떠오른 길 위에 후투티라는 새가 앉아 있다가 나를 보더니 목털을 곤두세우며 날아올랐다. 그 순간 내 머리에는 아틀라스가 떠오르며 그 새가 지구를 거머쥐고 가볍게 떠올랐다는 느낌이 지나갔다.

나는 시가 그 여명의 빛이나 새와 같다고 생각한다. 빛-언어이며 깃-언어이다. 여명의 빛처럼 사물을 망각과 어둠에서 떠오르게 하고 창조하는 말, 끊임없는 시작(始作)으로서의 말, 빛 속에 떠오른 하얀 숲길 위에서 날아오른 그 새처럼 무겁고 무거운 걸 가볍게 들어 올리는 말 — 시는 그러한 말이다.

여러 해 전 니체의 "선한 것은 가볍고, 무엇이든 신성한 것은 가벼운(여린tender) 발로 움직인다: 내 미학의 제1원리"라는 말에 밑줄을 그은 것도 필경 예술에 대한 그의 직관에 전적으로 찬동하기 때문이었겠는데, 역사와 실존의 슬픔과 무거움이 낳은 작

시, 꿈의 생산성을 향하여

품이라 하더라도 언어 스스로 거기에 짓눌려 있는 게 아니라 동시에 그 슬픔과 무거움을 견디게 하는 힘, 공기처럼 날아오르게 하는 어떤 동력, 깃의 움직임을 느낄 수 있게끔 노래되어 있어야 한다는 게 나의 생각이다.

　다시 비유를 하자면 시라는 것은 땅 위에 떨어져 땅을 덮고 있는 꽃잎과 같다고 할 수 있다. 나는 벚꽃잎이 깔린 길을 가면서 그 꽃잎이 땅을 떠오르게 한다는 느낌과 함께 나도 떠오르곤 한다.


　　벚꽃잎 내려 덮인 길을

　　걸어간다 ─ 이건 걸어가는 게 아니다

　　이건 떠가는 것이다

　　나는 뜬다, 아득한 정신,

　　이런, 나는 뜬다,

　　꽃잎들,

　　땅 위에 깔린 하늘

　　벌써 땅은 떠 있다

　　(땅을 띄우는, 오 꽃잎들!)

　　꿈결인가

　　꽃잎은 지고

　　땅은 떠오른다

　　지는 꽃잎마다

　　하늘거리며 떠오르는 땅

꿈결인가

꽃잎들……

—「꽃잎」전문(『세상의 나무들』)

하늘의 거주자인 꽃잎이 떨어져내릴 때 그 떨어져내리는 꽃잎을 타고(!) 땅이 떠오르는 걸 나는 느끼곤 한다.

시는 하늘하늘 내려오는 꽃잎, 내려오면서 거꾸로 땅을 떠오르게 하는 꽃잎이며, 땅을 덮어 그 위를 걷는 우리가 일거에 무거움에서 벗어나게 하는 꽃잎이다.

꿈의 생산성에 대한 인식은 확산되어야 하고 미적 관조는 나날의 공부가 되고 습관이 되어야 한다.

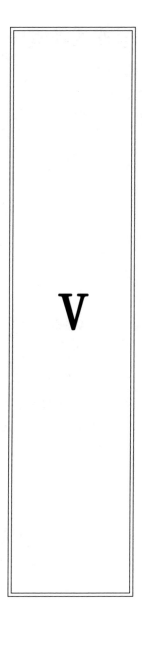

V

# 님과 벗과 꽃과 술

김소월 탄생 100주년을 기념하여 『현대문학』이 마련한 특집에 쓴 글이다.

벗은 설움에서 반갑고
님은 사랑에서 좋아라.
딸기꽃 피어서 향기로운 때를
고초의 붉은 열매 익어가는 밤을
그대여, 부르라, 나는 마시리.

— 김소월, 「님과 벗」 전문

　김소월의 잘 알려진 시편들이 그 명성에 어울리는 작품이기는 해도 또 들먹거리는 게 식상한 일이어서, 많이 얘기되지 않은 작품 중에서 하나 고른 게 「님과 벗」이다. 어떤 시인의 작품이든지 간에 사람들이 미처 캐내지 못한 것들 중에도 좋은 게 있게 마련인데, 이 작품은, 눈물과 상실의 시인으로 알려진 소월의 밝고 흥겨운 작품 중 하나다.

김소월을 우리 현대 시에서 몇 안 되는 진짜 시인이 되게 하는 것은 그를 슬프게 하는 절박한 감정 사이사이에 논두렁의 메처럼 박혀서 반짝이는 기쁨을 느끼는 능력과 그 능력에 연관되어 있는 형식적 조탁 내지 장인정신이라고 나는 생각하는데, 작품으로서는 덜된 여러 작품에서 그의 그러한 능력을 발견할 때는 여간 즐겁고 다행스러운 게 아니다. 리듬이라는 게 원래 전개하는 어떤 움직임을 나타내는 것이고 소월이 시의 가락에 신경을 많이 쓴 시인이라는 걸 우리는 알지만 어떤 작품은 특히 그 가락과 심상이 밝고 흥겹다.

「님과 벗」은 그 가락과 어조와 심상이 아주 흥겨운 작품이다. 벗과 님과 딸기꽃과 붉은 고초가 있고 그것들은 반갑고 좋고 향기롭고 익어가는 것들이며 노래와 술이 또한 그러한 감정과 감각의 흥겨움을 배가시킨다. 이만하면 있을 게 다 있는 것이 아니고 무엇이겠는가! 있을 게 다 있는 경우가 흔치 않다고 한다면, 이 작품은 읽는 사람으로 하여금 흔치 않은 복된 시간 속에 있게 한다. 인생살이가 아무리 눈물의 골짜기라고 하더라도 그 골짜기를 그래도 한때이나마 살 만한 곳으로 만드는 것들이 있으니, 바로 벗과 님과 꽃과 술이다.

3, 4행은 꽃이 때(시간)를 향기롭게 하고 붉은 고추가 밤을 익힌다는 우주적인 울림 속에 자연의 시간과 인간의 시간이 더없

님과 벗과 꽃과 술

는 해조(諧調) 속에 녹아들게 함으로써 그 대목 자체만으로도 뜻 깊은 것이지만 벗—님—딸기꽃—붉은 고초의 공명과 반가움—좋음—향기로움—익어감이라는 상태들의 공명, 그리고 그러한 상태들은 다름 아니라 우정과 사랑의 성질을 드러내면서 읽는 사람을 우정과 사랑의 취기(醉氣) 속에 있게 한다.

그러고 보면, 작자가 의도했든 안 했든 간에, "고초의 붉은 열매"는 에로틱한 심상으로도 읽히는데, 수많은 열매 중에서 하필이면 붉은 "고초"를 등장시켰기 때문이다. 어쨌거나 에로스가 이 작품의 분위기를 만들어내는 효소임에는 틀림이 없으니까.

한편 "벗은 설움에서 반갑고"에서 우리는 젊은 시절의 순결하고 아름다운 우정 이후 혹시 퇴색할 수도 있는 우정에 대해, 또는 우정의 이상성과 이상적 우정에 대해 생각할 수도 있겠는데, "설움에서"와 "사랑에서"의 그 "에서"가 또한 좋다.

그리고 "그대여, 부르라, 나는 마시리"를 읽으면 '노래=술'이라는 느낌도 든다.

# 하늘 땅의 바른 숨
—
함석헌 선생의 글

　1989년 2월 4일 함석헌 선생 돌아가셨다는 소식을 들었을 때 나는 각별한 느낌에 잠겼었다. 인제 내 사춘기도 끝났구나 하는 느낌이 그것이다. 이런 경우는 감회라는 말이 더 어울릴 듯한데, 하여간 그러한 감회가 만든 무슨 허전함이라고 할까 적막감, 시공(時空)을 넘어서 한없이 퍼져나가는 마음의 가없는 무슨 공동(空洞)은 함 선생이 돌아가신 지 두 달이 넘도록 가시지 않고, 그냥 그런 상태로 있었다. 그러다가 마침내 〈함석헌 전집〉을 들여놓았고, 그러니까 마음의 그 허전함이 조금 메워지는 것 같았다.

　고등학교 다닐 때(1959년 전후) 나는 매달 『사상계』라는 잡지를 기다리며 살았다고 해도 과언이 아니다. 그 잡지가 나올 무렵이 되면 나는 책방에 가서 『사상계』 나왔느냐고 물었고 아직 나오지 않았다고 하면 무척 실망을 하고 돌아서곤 했으니, 잡지가 미처 나오기도 전에 얼마나 조바심하며 기다렸는지 알 만할 것이다.

그 잡지는, 요새의 이른바 종합지라고 하는, 선정적인 소재로 판매 부수를 올리는 그런 잡지와 달라서, 젊은이들의 지적 욕구와 현실적 성찰의 갈증들을 채워주는 잡지였는데, 문학, 철학, 정치, 사회문제들에 대한 좋은 글들이 실려 있었다. 그러니까 다른 글들도 읽을 게 많았지만, 특히 함석헌 선생의 글이 실리기 시작하면서는 그 잡지를 매달 조바심 나게 기다렸던 것이다.

지금 기억나는 글로는 「생각하는 백성이라야 한다」「한국 기독교는 무엇을 하려는가」「죽을 때까지 이 걸음으로」 같은 것들이 있고, 윤형중 신부와 논쟁이 붙으면서 쓰신 글들을 재미있게 읽은 기억이 있는데, 함 선생의 펄펄 살아 있는 글에 비해 윤 신부의 글은 죽은 글처럼 느껴져서 도무지 상대가 되지 않는다고 생각되었다.

그렇게 글에 반해 있던 터라 그분의 강연도 열심히 쫓아다니면서 들었는데, 그때 을지로입구에 있었던 흥사단 강당에서 많이 있었던 걸로 기억된다.

하여간 그때부터 그분의 글을 비교적 열심히 찾아 읽었던 듯싶은데 『뜻으로 본 한국역사』를 읽은 것도 그 무렵이다. 교과서식 역사만을 배우던 학생으로서 그 책의 아주 새로운 관점이라고 할까 역사적 사실들에 대한 해석이 보여주는 비전이 인상 깊었다. 지금도 기억에 남아 있는 얘기는 우리나라가 강대국들이라는 것들한테 짓밟힌 처녀요 고난의 여왕이라는 것, 세계사 속에서의 우리 고난의 역사의 뜻을 알자는 것, 그리고 지정학적으로 제주도를 새 나라의 상징이나 희망의 상징으로 본 것 등이다.

그분은 당신이 발행하는 잡지 『씨올의 소리』에 계속 글을 쓰셨고 『바가바드 기타』나 중국 고전들의 해석과 주석도 아울러 진행, 얇은 잡지이지만 거의 당신 혼자 지면을 채우시지 않았던가 싶다.

그분의 시집 『지평선 너머』에 대해서는 그다지 좋은 인상을 못 가졌던 것 같은데, 오랜만에 그걸 펴서 여기저기 읽어보니 「인생아」 같은 작품에서, 산 것을 산 채로 살려 키울 줄 모르고 죽여놓고서야 안심하는 사람들의 그 용열하고 못난 모양에 대한 한탄은 참으로 마음에 드는 이야기가 아닐 수 없다.

어떻든 그 중·고등학교 시절과 대학 시절 이후, 나는 제 글을 쓴답시고 함 선생의 글에서 멀어져 있었는데(그분은 만년의 언제부턴가 글쓰기를 그만두신 걸로 알고 있지만), 병환으로 병원에 입원하셨다는 소식은 들었으나, 문득 부음을 들으니 앞에서 얘기한 감회가 엄습해왔던 것이다.

그분의 생각이나 주장에 동의를 하든 안 하든 간에, 우리의 산문이 씌어진 이래 함석헌 선생의 산문처럼 살아 있는 글이 또 있을까? 글이라기보다는 바람처럼 불어제치고 바다의 물결처럼 뛰노는 혼 바로 그것인 그러한 글이 글이라기보다는, 그분의 말처럼, 하늘 땅에 돌아다니는 바른 숨인 그러한 말이?

하늘 땅의 바른 숨

그때나 지금이나 죽은 글들이 많이 씌어지는 세상에서 그분의 글은 더욱더 돋보일 수밖에 없는데, 가령 그분이 『씨올의 옛글풀이』 서문에서 한 말씀에 기대서 생각을 해봐도 좋지 않을 싶다.

문제의 근본은 그렇게 자주 간단한 것을 복잡하게 만든 데 있다. 그 잘못을 만든 범인이 누구냐 하면 소위 문명이란 것이다. 문명이란 이름 아래 살고, 죽고, 뜻을 드러내는 데 반드시 없어서는 아니 되는 거슴과 지음 지외에 군더더기를 너무 많이 붙이기 시작했다. 그리고 군살이란 본래 커지는 법이라 갈수록 더 커져 군더더기에 또 군더더기가 붙기 시작해서, 이제는 생명을 위협하는 지경에 이르렀다.

문명의 핵심인 말(글) 또한 그렇다. 그야말로 너무 많이 붙은 군더더기요, 군살과 같은 글이 또 계속해서 군더더기를 확대 재생산하는 일이 많은 오늘날 함석헌 선생의 글 같은 것은 그야말로 가물에 콩 나기로 있는 생명의 현장으로 느껴진다는 이야기다.

그러나 따지고 보면 그분이 한 많은 말씀들이 시효가 지난 말이 되기를 나는 또한 바란다. 왜냐하면 그분의 말이 여전히 효력이 있다는 것은 우리가 아직도, 그분의 말을 빌려, 고난의 역사를 살고 있다는 이야기이기 때문이며 우리의 정치 현실이 여전히 불행하다는 얘기이기 때문이다(물론 그분은 항상 역사적 현실과 직면해서 산 분이지만 눈앞의 현실에 갇혀 있었던 분이 아니기 때문에 당신의 글이 단순히 그때그때 읽고 잊힐 게 아니라는 점을 군더더기로 덧붙여놓아야겠다).

　그러니까 그분의 말이 여전히 유효하다는 것은 우리가 여전히 고난 속에 살고 있다는 얘기인데, 실은 그 점이 다행스러운 노릇이라고 해야 할지…… 그 고난과 더불어 내 사춘기는 끝나지 않을 터니.

(1989)

# 시인다운 선택, 의미의 공명

—

요셉 브로드스키의 『20세기의 역사』

(권택영 옮김, 문학사상사, 1987)에 대하여

요셉 브로드스키Joseph Brodsky가
1987년 노벨문학상을 받았을 때
『문학사상』에 실은 글이다.

전해 받은 시를 보니 이 작품은 작년 『파르티잔 리뷰Partisan
Review』라는 정기간행물에 발표된 것이다. 20세기가 시작되는
1900년부터 시작해서, 작품의 서사에서 말하고 있듯이, 약 80여
년의 역사를 다루는 것인데, 우선 1914년까지 쓴 걸 발표했으니
앞으로 계속 씌어질 모양이다.

완결되지 않은 작품에 대해 무슨 얘기를 한다는 것은 엄밀히
말해서 있을 수 없는 일이지만, 기왕 발표한 부분에서 눈에 띄는
특징들을 몇 가지 얘기해볼 수 없는 건 아니다.

이 작품에 앞서서 씌어진 작품들[나는 그것들을 다 읽어보지는
못했고 그의 영역 시선집을 틈틈이 읽고 있는 중이지만, 그리고 무척 좋
아하는 터이지만]에서 받은 인상과 좀 다른 시도를 하고 있는 것

으로 보이는데, 그러한 색다른 시도는, 작품을 보면 금방 알 수 있듯이, 형식에서도 눈에 뜨이고 내용에서도 그러한바, 다음과 같이 정리해볼 수 있을 것 같다. ① 이 작품은 순회공연을 위해 쒸어진 것으로서 막이 나뉘어져 있고 내레이터가 이야기하는 식으로 진행되며 해마다 올해의 인물이 등장해서 독백을 하는 것으로 매듭을 짓고 있다. ② 각운을 맞추고 있다. ③ 대체로 역사적 사건이나 인물을 그냥 나열하는데, 간혹 작자 자신의 가치평가를 슬쩍 끼워넣기도 한다(올해의 인물은 물론 작자의 가치판단에 의해 선정된 것이다). 그리고 문화·예술계의 인물들과 그들이 한 일이 대단히 중요하게 취급되고 있다. ④ 속어나 구어를 최대한으로 쓰고 있다. ⑤ 가령 '제국'들의 침략 전쟁을 기록하는 부분 같은 대목은 매우 진지한 것이지만, 유머 감각이라고 해도 좋고 장난기라고 해도 좋으며 통틀어 여유라고 해도 좋을 그러한 분위기가 줄곧 흐르고 있다.

매해 끝에 붙여진 '올해의 인물'이 하는 얘기를 빼면 거의 연감이나 일지 같은 기록 — 올해에는 누가 태어나고 누가 죽었으며 무슨 일이 있었다…… 같은 기록이어서 "20세기의 역사"라는 거창한 제목을 통과해서 들어간 독자로서는 좀 허전한 느낌이 드는 것도 사실이지만, 그러나 그러한 느낌은 '역사'라고 하면 그저 비장, 엄숙, 처절, 육중한 것으로만 생각되고 얘기되는 우리네 풍속이 낳은 무슨 오해의 소산일는지도 모른다고 생각해보게도 된다.

시인다운 선택, 의미의 공명

어떻든 "신사 숙녀 여러분 그리고 동성애자 여러분!"으로 시
작되는 프롤로그에 의하면 '과거처럼 빨리 도달하는 건 없다'.
다시 말하면 과거는 이미 현재 속에 들어와 있다. 그러니까 이 작
품에 등장하는 인물들은 죽었지만 없어져버린 건 아닌데, 왜냐
하면 그들은 원인이요 지금 살아 있는 우리들은 결과이기 때문
이다. 가령 우리가 내는 세금이나 우리가 앓는 독감 또는 뜻밖에
일어나는 일들의 원인이 모두 역사 속에 있다. 따라서 과거를 다
시 조명하는 일은 우리의 현재 삶과 미래가 좀더 살기 좋은 세상
에서 전개되기를 기약하는 일과 같다.

그런데 이것은 시의 형식으로 얘기되기 때문에 가령 역사적 사
건이나 인물에 대한 평가나 비판 또는 찬양을 상당히 비유적으
로, 암시적으로 얘기하고 있다. 앞에서도 지적했듯이 무슨 일지
나 연감 같아서 좀 싱거운 느낌이 없지는 않지만, 예컨대 1909년
의 인물로 선정된 런던의 한 미용사가 하는 말은 이 시인의 진면
목을 어느 정도 보여준다. 이 이름 없는 미용사는 런던의 구름 낀
하늘이나 영국 국가(國歌)에 자극되어 파마permanent를 발명한 사
람이다.

이 제국에는 해가 지지 않습니다.
그래도 모든 제국들은 언젠가 꺼집니다.
그것들은 산산조각이 나고, 멸망합니다.
역사의 바람은 장난이 아니지요.

영국으로 하여금 영국이도록 하고 저 파도(영어의 wave는 물론 파마한 머리의 웨이브를 뜻하기도 한다 ── 역주)를 지배하도록!

그리고 그 파도가 진짜 노호(怒號)이기를.

저 건너 큰 사건들에 헝클어지지 말고

그들로 하여금 검은색, 붉은색,

밤색, 금발로 있게 하기를!


The sun never sets over this Empire.

Still, all empires one day expire.

They go to pieces, they get undone.

The wind of history is no fun.

Let England be England and rule the waves!

And let those waves be real raves.

Let them be dark, red, chestnut,

blonde unruffled by great events beyond!


위에서 waves라는 말이 파마하고 난 뒤의 머리의 웨이브와 파도를 모두 뜻한다는 걸 금방 알 수 있고 permanent는 물론 '영구한, 영속하는'이라는 뜻이 있다는 것도 우리는 알고 있다. 그리고 waves와 운을 맞추려고 쓴 raves라는 말은 상당히 극적인 의미의 급전(急轉)을 만들어내고 있다.

각운이 맞으면서 의미의 추이가 그럴듯하게 된다는 게 그리

시인다운 선택, 의미의 공명

쉬운 일이 아니겠지만 각운 맞추기는 쓰는 사람이나 읽는 사람을 다같이 즐겁게 하는 것도 사실일 것이다. 이 시인이 왜 구태여 각운을 맞추었을까 하고 한번 생각해보게 되는데, 이 작품이 공연하도록 꾸며진 것이니까 낭독할 때의 운율의 흥겨움이라는 효과를 계산했을 수도 있고 또 운을 맞춘다는 건 일단 형식상으로나 의미의 전개에 구속과 규제를 받는 만큼 자유롭지 못한 면이 있지만, 조금 달리 생각해보면 운을 맞추려고 찾아낸 단어가 만들어내는 의미— 우연이 낳는 새로운 의미의 탄생도 기약할 수 있으니, 우연성에 딸려 있는 방일의 쾌감(더군다나 그것의 의미를 낳는 방일이니)을 맛볼 수도 있겠다. 그리고 지나친 추측인지는 몰라도, 이 시인이 영어로 시 쓰기를 연습하고 있는 게 아닐까 하는 생각도 지나간다. 독학으로 영어 공부를 대단히 열심히 했다고는 하더라도 영어는 이 시인의 모국어가 아니요, 이 시인이 미국에서 산 지는 10년 남짓이기 때문이다.

어쨌거나, 이 작품에서 재미있는 대목을 하나 소개하자면 1908년의 인물인 면역학 창시자 파울 에를리히Paul Ehrlich가 하는 말. 그는 박테리아를 파고들어 면역학을 만들어냈는데 모든 인간이 어느 정도는 그의 이론에 신세 지고 있다는 것이다.

세계는 근본적으로 하나의 공동체요
매독에 대해서는 아무도 면역성이 없습니다.
그래서 내가 만들어낸 게 여러분의 무기고(武器庫)를 강화시킵니다.

좀더 개인적인 삶을 살 수 있도록 말씀이지요.

나는 살바르산을 만들었습니다, 나의 살바르산이여!

그건 여러분의 아내를 치료할 것이고, 여러분의 아들을 치료할 것이며, 여러분 자신과 여러분의 애인을 신속히 치료할 것입니다.

빼고 넣을 때 이 파울 에를리히를 생각해주십시오!


The world is essentially a community

and to syphillis, nobody has immunity.

So what I've invented beefs up your arsenal

for living a life that's a bit more personal.

I've made Salvarsan. Oh my Salvarsan!

It may cure your wife, it may cure your son, it may cure yourself and your mistress fast.

Think of Paul Ehrlich as you pull or thrust!


위의 대목에서 Salvarsan은 언뜻 Salvation이라는 말을 떠오르게 하고, 우리말로는 옮길 수 없지만 운 맞추려고 선택된 말들끼리의 의미의 공명도 재미있다. 가령 community와 immunity, arsenal과 personal, fast와 thrust가 서로 던지는 의미의 메아리는 근사하지 않은가! 독자는 여기서 작자의 치밀한 계산을 눈치 챌 수 있는바 "공동체"란 풍속이라든지 관점 따위에서 어떤 '면역성'을 공유하는 게 사실이며 또 "개인"(작품에서는 "개인적"이라고 번역된)과 "무기고" 역시 우선 우리들 각자가 자신의 생존을 위한 무기를 저장하고 있다는 점으로만 봐도 상당히 재미있는 상응이라고 할 수 있다.

역사적 사실들의 기록에 있어서 시인다운 선택이 많이 눈에 띄지만, 나는 만년필이 1908년에 세계적으로 유행했다는 걸 이 작품을 통해 알았다.

# 자연·신명·에로스

—

**파블로 네루다**

 

 

모든 뛰어난 예술가는 자기가 만든 작품과 운명을 같이한다. 가령 어떤 시 작품이 일으킨 파문은 독자의 마음을 울리고, 그런 뒤 그것은 다시 작자에게 가서 닿는데, 그렇게 작품이 촉발한 수많은 반향은 어느덧 작자의 운명에 작용하는 한 인자가 된다.

네루다는 자기가 쓴 작품이 일으킨 선풍과 소용돌이에 휩싸여 산 시인이다. 그것은 물론 감동이 일으킨 선풍이요 소용돌이인데, 그 선풍은 뒤늦게(그가 세상을 떠난 뒤) 한국에서 시를 쓰는 내게도 와서 닿아 나는 그의 작품을 번역하게 되었다.

네루다의 시선집을 1989년에 낸 뒤 나는 펭귄출판사에서 나온 그의 자전적 회고록 『메므와르 *Mémoire*』(1978)를 읽게 되었는데 사랑과 우정과 정치적 투쟁에서 그가 겪은 일들이 아주 재미있었고, 그 솔직하고 매인 데 없는 영혼이 들려주는 이야기에 반했다.

지금은 그 자서전이 우리말로 번역되어 작년에(2008년) 민음사에서 나왔으니 누구나 읽을 수 있고 또 그의 전기는 2005년에 생각의나무에서 나왔으니 우리는 시인 네루다에 관해 말해주는 중요한 책들을 번역서로 만나볼 수 있게 되었다.

오래전 네루다의 회고록을 읽고 나서 나는 "한 큰 시인을 만들기 위해 천지신명(天地神明)이 힘을 합했다"는 느낌을 말한 적이 있지만, 그의 언어를 '생물'이 되게 한 결정적인 것은 남미의 원시림과 거기 사는 생물들 그리고 바다와 같은 자연이라고 할 수 있다. 그의 회고록 맨 처음에 나오는 「칠레의 숲」에서 한 대목을 읽어본다.

> 썩은 나뭇등걸, 이 얼마나 소중한 보물인가! 검은 버섯과 푸른 버섯은 귀, 붉은 기생식물은 입술, 길게 늘어진 풀은 수염이다. 돌연 뱀 한 마리가 썩은 나뭇등걸에서 빠져나온다. 숨결처럼, 죽은 나무의 혼처럼……
>
> 『파블로 네루다 자서전──사랑하고 노래하고 투쟁하다』
> (박병규 옮김, 민음사, 2008, p. 16)

썩은 나뭇등걸을 보물로 느끼는 영혼은 또한 우리에게 얼마나 소중한 보물인가! 만일 이 세상에서 시인이라는 존재의 가치나 필요성이 뭐냐고 스스로 묻고 대답한다면 나는 사물을 생생하게

느끼는 능력 그리고 그것을 표현하는 힘이라고 말하겠다. 위의
예에서 썩은 나뭇등걸을 얼마나 생생히 느꼈는지는 거기서 귀와
입술과 수염을 보면서(부여하면서) 그걸 살아 있는 것으로 느꼈
다는 사실이 잘 말해준다. 뿐만 아니라 거기서 돌연히 나온 뱀 한
마리가 "숨결처럼, 죽은 나무의 혼처럼" 빠져나왔다는 것이다.
사실 보이지 않는 미생물에서 보이는 생물에 이르기까지 숲(자
연)의 숨결 아닌 것이 어디 있겠으며, 죽어 썩는 것에서부터 살아
싱싱한 것에 이르기까지 숲의 혼 아닌 것이 어디 있겠는가.

그리고 시인이 어린 시절에 살았던 자연(숲)의 숨결과 혼은 고
스란히 시인의 숨결이 되고 영혼이 되었다. 감수 능력과 호기심
이 문자 그대로 무한한 어린 시절, 다시 말해 모든 신체기관의 잠
재력이 무한하다고 할 수 있는 어린 시절을 어디서 어떻게 살았
느냐 하는 것이 특히 예술가에게는 중요하다. 시인이라면 그의
작품의 생명력을 그의 청소년 시절 자연 체험과 떼어놓고 생각
할 수 없는 것이다.

그런 점에서 나는, 남미 대륙의 원시림처럼 깊고 생물종이 풍
부하지 않다고 하더라도, 어린 시절을 시골에서 산천초목과 거
기 깃들어 사는 온갖 생물을 만지고 잡고 먹으며 산 것을 다행스
럽게 여긴다. 그도 그럴 것이 자연은 인공(도시 문명)에 비해 살
아 있는 것들로 붐비는 공간이며, 자연 체험은 정신과 감정의 활
동에 건강함과 조화로움을 기약하는 매우 중요한 조건이기 때
문이다. 앞에서 천지의 신명을 얘기했지만 자연이야말로 신명의

자연·신명·에로스

고향인 것이다.

네루다는 어린 시절 자기 집 마당의 나무판자로 된 담 밑에 뚫린 작은 구멍으로 제 또래의 작은 손이 하얀 양모로 만든 양을 밀어넣고 사라진 얘기를 했는데, 이것 또한 천지신명이 한 일이 아닐까 한다. 시인의 가슴속에는, 물론 나중에 그 의미가 더욱 분명해진 것이겠지만, 모르는 사람들에게서부터 오는 사랑에 대한 느낌이 심어졌고, 그 신비한 선물을 받은 보답으로 소년 네프탈리 레예스(네루다의 본명)는 자기의 보물인 솔방울을 그 구멍 바깥으로 내놓았으며, 그 교환은 그로 하여금 '인류는 하나'라는 귀중한 생각에 눈뜨게 했기 때문이다.

나는 운 좋은 사람이었다. 형제들 사이에서 느끼는 친밀감은 인생에서 아주 근사한 것이다. 우리가 사랑하는 사람들의 사랑을 느끼는 것은 우리의 삶을 기르는 불이다. 그러나 우리가 모르는 사람들로부터 사랑을 느끼는 것, 우리에게 알려지지 않은 사람들, 우리의 잠과 고독을 지켜보고, 우리의 위험과 약함을 돌보는 그러한 사람들로부터 오는 사랑을 느끼는 것은 한결 더 대단하고 더욱더 아름다운 것인데, 왜냐하면 그것은 우리 존재의 범위를 넓히고 모든 살아 있는 것들을 묶기 때문이다.

— 펭귄판 회고록에서

천지신명이 힘을 합해서 그를 키웠다고 할 수밖에 없는 일은 계속 일어나는데, 그가 십대 후반에 총각을 뗀 얘기도 가령 창녀한테 가서 총각을 뗐다든지 하는 얘기하고는 다르다.

어느 날 네루다는 말을 타고 1박 2일쯤 가야 하는 먼 동네의 에르난데스 집안 밀 타작 행사에 참가했다. 여러 마을에서 온 사람들과 일을 하고 저녁을 먹고 혼자 온 남자들에게 배정된 밀짚 위에서 잠을 자려고 누웠다. 모두들 눕자마자 코를 골았다. 사춘기의 네루다는 시골의 밤기운과 밤하늘의 별을 보며 잠을 이루지 못하다가 잠이 들었는데, 얼마 후 낯선 물체가 접근해오는 바람에 잠이 깼다. 무서워서 꼼짝 않고 있는데 크고 거친 여자의 손이 그의 몸을 애무하기 시작하고 입술을 덮친다. 두려움은 쾌감으로 바뀌고, 일을 마치자 여자는 자기 곁에 누워 금방 잠이 든다. 그는 이 모습을 아침에 들키면 어쩌나 걱정하다가 잠이 드는데, 이른 아침 눈을 떠보니 여자는 사라지고 없었다. 점심시간에 지난밤 자기한테 왔었던 가슴이 풍만하고 몸집이 튼튼한 여자가 누구일까 하고 곁눈질로 찾아보았는데, 에르난데스 집안 사람인 어떤 여자가 남편한테 구운 고기를 갖다 주다가 자기한테 얼른 눈길을 주면서 살짝 웃는 것이었다. 시인은 그 이야기를 이렇게 끝맺는다. "그 웃음은 점점 더 넓어지고 깊어져 전 존재 속에서 활짝 열리는 것 같았다."

이 사건은 일생 동안 자유분방한 연애를 한 시인의 사랑의 시작에 불과하지만 어떻든 범상치 않은 일임이 틀림없고, 그리하여 천지신명이 하신 일이라 여기고 싶은 것이다. 농부(農婦)의 모

자연·신명·에로스

습으로 나타난 신명. 그리고 그런 이야기를 듣는 사람으로서는 그 여자의 일련의 태도에 감동하게 된다 — 성욕이라는 자연스러운 욕망에 충실할 따름인 거리낌 없는(즉물적인) 행동과 그 뒤에 보여준 천진한 모습. 그러니 그게 신명의 에피파니(현현)가 아니고 무엇이겠는가.

네루다는 '즉흥적 연애'의 달인이었던 듯하다. 물론 자신의 후광이 모든 일을 비교적 힘들이지 않고 할 수 있게 했을 것으로 짐작되지만, 아르헨티나에서의 즉흥적 연애는 폭소를 터뜨리지 않을 수 없을 것이다.

네루다는 로르카와 함께 아르헨티나의 백만장자 집에 초대받는다. 거대한 공원으로 둘러싸인 호화로운 저택에서 저녁 식사로 소 한 마리를 잡았는데, 주인 양쪽에 앉은 두 시인 맞은편에는 키가 큰 금발의 여성 시인이 앉아 있다. 식사 후 두 시인은 그 여성 시인과 함께 정원으로 산책을 나간다. 가죽째 굽는 소고기 냄새, 팜파(평원) 향기, 토끼풀과 박하 향기, 무수한 귀뚜라미와 개구리 울음소리, 그리고 푸르른 밤하늘에는 찬란한 별들, 수영장에는 높은 탑이 있었고 세 사람은 전망대로 올라간다. 멀리서 만찬장의 시타르와 노랫소리가 들려오고 "마치 밤하늘의 심연에 머리를 담그고 있는 듯"하다. 네루다는 육감적인 여자 시인을 끌어안고 키스하고, 로르카가 놀라든 말든 아랑곳하지 않고 바닥에 몸을 눕힌다. 그녀의 옷을 벗기자 로르카가 휘둥그레진 눈으로 내려다보는데, 이 대목이 걸작이다. 네루다는 "얼른 꺼져! 아무도 못 올라오게 해!" 소리 지르고 "별이 쏟아지는 밤하늘과 밤의 아프로디테에게 드리는 의식"을 치렀다는 것이다. 20세기 또 하나의 큰 시인인 로르카는 협력자로서, 보조로서 임무를 수행하기 위해 급히 탑을 내려가다가 굴러떨어져 보름 동안 다리를 절고 다녔다.

이 즉흥적인 사랑의 연출자 역시 천지신명이다. 그렇다고 하는 게 과장이 아니라는 것은 그 일이 벌어진 시공(천지)과 정황이 다 말해준다. 다시 한 번, 푸르른 밤하늘과 거기서 반짝이는 별들, 평원과 토끼풀과 박하 향기, 무수한 귀뚜라미와 개구리 울음소리, 가죽째 굽는 소고기 냄새, 시타르와 노랫소리, 서로 좋아하는 시인 친구…… 천지신명이란 이렇게 뚜렷하게 존재하는 것이다. 신명(神明)의 움직임과 기미는 우리의 몸과 마음의 기운이 절정에 있을 때 겨우 느낄 수 있는 숨결 같은 것이어서 항상 신비로운 것이기는 하지만……

어떻든 네루다의 시적 생산성과 사회적 교감의 풍요는 저 원초적 에로스에 근거하고 있다고 할 수 있는데, 그 에로스는 만물과 나누는 교감의 바탕이요 정치적―사회적 연대를 두텁게 하는 힘이며 사랑과 창조를 부추기는 신명인 것이다.

어떤 작품을 읽어도 좋겠으나 『단순한 것들을 기리는 노래』의 첫 시인 「보이지 않는 인간」의 일부를 읽어본다.

모든 게 나한테

자연·신명·에로스

말하라 하고,

모든 게 나한테

노래 부르라 한다, 끊임없이 노래하라고,

모든 게 꿈과 소리로

가득 차 있다,

삶은 노래로 가득 차 있는

상자, 상자가 열리면

한 떼의

새가

날아 나오고

나한테 뭔가 말하고 싶어한다,

내 어깨 위에 앉으며,

[……]

나는 그들이 모두

내 삶을 통해

살기를 바라고,

내 노래를 통해 노래하기를 바란다,


나는 중요하지 않다,

나는 내 자신의 일을

할 시간이 없다,

밤이나 낮이나

나는 일어나는 일들에 대해 써야 한다,

그 누구도 잊지 않고.


불교에는 일체중생과 내 몸이 하나라는 뜻의 동체대비(同體大悲)라는 말이 있음을 우리는 알고 있지만, 시인의 에로스는 나 아닌 것들에 동화하는 이끌림의 동력이라는 것, 시 쓰기와 사랑과 사회적 유대뿐만 아니라 네루다에게는 정치적 투쟁 역시 그러하다는 것을 그의 작품을 보면 알 수 있다.

사랑─평화─창조는 떼어놓을 수 없는 한 묶음이며 에로스는 그것에 역행하는 모든 파괴적인 힘들을 싫어한다.

(2009)

# 마음의 우물

—

윤동주의 시

이 글은 2004년 연세대출판부에서
나온 『원본 윤동주 전집』에 발문으로
씌어졌다.

## 1

1955년 윤동주 10주기에 정음사에서 나온 『하늘과 바람과 별
과 시』는, 장차 시를 쓰기로 예정돼 있는 중학생이었던 나에게,
우선 그 제목만으로도 몽환적인 기분에 싸이게 하는 시집이었
다. 하늘, 바람, 별, 시라는 낱말들이 따로 떨어져 있을 때는 울려
내지 못하며 "과"라는 접속조사로 연결되면서 울려 나오는 무슨
꿈과 같은 분위기— 소년에게 걷잡을 수 없는 그리움과 외로움
을 불러일으키는 마술피리 소리를 한지에 물감 번지듯 공기 중
에 번지게 하는 제목.

하기는 하늘, 바람, 별, 시라는 낱말들은 모두 '무한'을 가리키
는 말들이며, 그런 말들을 "과"로 연결함으로써 우리로 하여금
'무한'에 걸맞은 윤무(輪舞)와도 같은 구체(球体) 이미지에 물들게

하는 제목이다. 그러니까 하늘과 바람과 별과 시가 손을 맞잡고 원무(圓舞)를 추는 것 같은 느낌에 잠기게 한다는 얘기다.

또한 그 낱말들은 무한뿐만이 아니라(무한의 일환이라고 할 수 있는) '높이'를 가리킨다. 하늘과 바람과 별은 모두 우주적인 고도를 갖고 있고 시는 사람의 마음속에서 일정한 높이를 갖는 것으로 상상된다. 그리고 그렇게 높은 사물은 윤동주 시의 윤리적인 특징에 자연스럽게 연결되어 있다.


**2**

윤동주한테는 김소월, 이상과 함께 '영원히 젊은 시인'이라는 별칭이 흔히 따라 다닌다. 그들이 그렇게 불리는 까닭은, 그들이 모두 이십대에 작품을 쓰고 요절했다는 것, 그들의 작품은 흔히 사춘기 젊은 시절에 읽힌다는 것과 같은 정황들과 관련이 있지 않을까 싶은데, 거기에 물론 역사적인 가치가 덧붙여져야 할 것이다.

사람됨이나 생활 태도 그리고 작품 세계가 아주 다른 세 시인이, 특히 이상과 윤동주가 젊은 시절에 우리를 끌어당긴 이유는 전위적인 파격(이상)과 윤리적인 이상(윤동주)이라는 젊은 시절 특유의 지향과 관련이 있는 게 아닌가 생각된다. 윤동주의 경우 그의 「서시」가 오늘날에도 젊은 세대의 애송시라는 걸 보면 위와 같은 나의 짐작이 엉뚱한 게 아닐 것이다.

윤동주가 남달리 깨끗한 영혼이라는 건 그동안 줄곧 얘기되었

마음의 우물

다. 그것은 그의 작품과 얼굴과 행적 모두에서 받는 인상이며, 또 그의 동생 윤일주의 회상에 따르면 그는 부드럽고 과묵하고 관유(寬裕)했다. 아울러 그의 작품을 보면 그가 아주 여린 마음을 갖고 있었음을 알 수 있는데, 이 여린 마음은 사랑의 원천과도 같다.

그런데 시인의 그러한 미덕들은 이 세상에서 세월의 흐름과 함께 그 자취가 더욱 희미해져 오늘날에는 좀체로 만나기 어려운 성품이 아닌가 싶은데, 그런 변화는 말할 것도 없이 정치, 경제, 과학기술 등 현대 세계의 생활 환경과 떼어놓고 생각할 수 없으며, 그 환경이란, 우리가 매일 느끼듯이, 옳고 그른 것에 대한 느낌의 전면적인 마비 속에서 뻔뻔스럽고 광신적이며 맹목적인 돌진으로 진행되는 것으로, 인성(人性)의 변화에 커다란 영향을 미치는 그러한 것이다.

그러나 그렇다고 하더라도, 젊은이들이 좋아하는 시의 목록에서 「서시」가 아직도 윗자리를 차지한다는 사실에서 알 수 있는 것은 (그게 부화뇌동이나 생각 없는 감염 같은 것이 아니라면) 나이가 어릴수록 그래도 윤리적인 이상을 갖고 있다는 것이며, 윤동주 시에 꼬리표처럼 붙어 있는 부끄러움을 비롯해 가령 마음 아파하고 괴로워하고 사랑하기를 다짐하는 심성이 자기의 거울로 쓰이고 있다는 것이다. 그리고 그러한 거울은, 다분히 이상적인 것이라고 하더라도, 없는 것보다 있는 것이 훨씬 낫지 않겠는가.

윤동주가 대학 시절에 읽은 책 중에는 쇠렌 오뷔에 키르케고르 Søren Aabye Kierkegaard의 저서도 있는데, '우수의 철학자'라는 별

명이 붙어 있는 이 덴마크 철학자는 윤리적 인간의 특징을 과거와 미래, 기억과 희망이 그 사람의 중심에서 통일되어 있으며 그러한 통일된 의식은 어떤 걸 결행하는 순간 얻어지는데, 자아의 통일성과 온전함을 성취하는 그 결단의 시금석은 향내성(向內性)이라고 말한다. (이 윤리적 인간 앞뒤에 미적 인간과 종교적 인간에 대한 얘기가 있고 그러한 세 가지 얘기가 『이것이냐 저것이냐』라는 책의 내용을 이루고 있지만, 여기서는 「서시」「자화상」「별헤는 밤」「길」「쉽게 씌어진 시」 등을 쓴 시인의 작품과 인간을 일관하는 특징을 더듬어보기 위해 윤리적 인간의 특징을 요약하는 것으로 그친다.)

내향성이나 내면성이라고 해도 좋은 그 성질은 윤동주 시의 특징으로 지적되기도 했는데, 키르케고르의 윤리적 인간에 대한 설명은 윤동주의 향내성의 테두리를 정해주는 적절한 설명으로 생각된다. 왜냐하면 그것은 문학 작품이 다소간에 일반적으로 갖고 있는 내면성이나 또는 예컨대 나이 듦과 함께 진행되는 체험의 지층과 지혜 그리고 큰 시인의 필수 요건인 광활하고 분방한 상상력이 낳는 내면성과 다르기 때문이다.

그리고 윤동주의 향내성에서 두드러진 점은 자기 성찰적이라는 것일 터인데, 이것은 그의 성격과 시대의 요구가 서로 작용한 것이라고 할 수 있는바, 그것이 또한 그의 작품이 갖고 있는 힘이기도 하다.

그런데 그의 작품이 지니고 있는 힘이 윤리적인 태도라고 하지만, 아무리 참되고 착하고 아름다운 마음이라고 하더라도, 그것이 예술 작품이 요구하는 적절한 표현을 얻지 못하면 감동을 주지 못하는 법이다. 더군다나 윤리적인 태도의 경우 어떤 덕목이나 규범이 무슨 강령이나 교훈 형식으로 강제되면 금방 추상적이 되고 상투화되어 그 효과가 거의 없다고 할 수 있으나 시적 표현을 얻으면 그렇지가 않은데, 그 까닭은 물론 시적 언어가 '살아 있는' 것이기 때문이다.

다시 말해서 시에서는 그것을 쓴 사람의 마음이 심장을 꺼내 놓은 듯이 느껴지게 마련인데, 어조와 가락을 통해서 작자의 진정성이 감지되고 표현 방식이나 형식적인 고려에서 진실이 느껴질 때 우리는 감동하게 되기 때문이다. 한 편의 시에는 그 작자의 숨결과 심장의 박동과 정신의 표정이 산 채로 들어 있는 것이다.

가령 「서시」에서 "한 점 부끄럼이 없기를"의 생략, "잎새에 이는 바람에도" 괴로워했다는 데서 얻어지는 괴로움의 진정성 그리고 "오늘 밤에도 별이 바람에 스치운다"라는 구절로 끝냄으로써 확보되는 이 시에서 보이는 여리고 아름다운 마음의 끝없는 연속성과 감각적 핍진성 그리고 그러한 내면의 우주적 확대를 예로 들 수 있다.

그리고 그의 몇 작품을 대기처럼 감싸고 있는 스산함과 쓸쓸함은 읽는 사람의 마음을 여지없이 물들이며 그 어조의 조용함과 움직임의 느림도 작품의 순분을 증명하는 힘이 되고 있다.

**3**

앞에서 얘기했지만 윤동주 시집은 내 중학교 시절에 한 소년을 꿈꾸게 했던 시집이며, 어른이 되고 나이 먹으면서는, 학생들이 읽고 공부하게 하기 위한 필요에 따라 들여다본 경우를 빼면 거의 읽지 않았는데, 이 글을 쓰려고 다시 읽어보면서, 오늘날 윤동주 시의 값어치는 무엇일까 생각해보다가, 앞에서도 썼지만, 그의 윤리적인 태도 그리고 그중에서도 거의 습관이 되다시피한 자기 성찰이 아닐까 하는 생각이 들었다. 오늘날 크게는 정치나 경제활동에서부터 공공의식이 너무 없는 개인에 이르기까지 자성(自省)하는 마음가짐을 찾아보기 힘들지 않나 생각되기 때문이다.

잘 알려진 시 「자화상」에서는 한 사나이가 우물을 들여다본다. 시인은 그 우물에 비친 자기에 대해 얘기하고 있지만, 우물은 물론 거울과 다르다. 거울 속에는 달이나 구름이나 하늘이 없으며 바람이 불거나 가을이 있는 것도 아니다. 「자화상」의 우물은 우주적인 거울이지만 우리가 매일 들여다보는 거울은 그렇지 않다. 우주가 투영되어 있는 우물은 깊고 바람이 불고 그리하여 거기 비친 자기의 윤곽은 뚜렷하지 않기 때문에 (물론 스스로를 바라보는 시선의 뜨악함과 더불어) 그 사나이는 "추억처럼" 있다. 그러나 우리가 매일 들여다보는 거울 속에서 우리가 추억처럼 있는 법은 없다. 거울은 우물과 같은 깊이가 전혀 없기 때문이다.

우리가 어렸을 때 물을 길으러 가서 줄곧 들여다본 우물은 거기 비친 자기가 타자임을 알려준 우주적 거울이었다. 우물은 그

　　　　　　　　　　　마음의 우물

만큼 넓고 깊었다. 우주의 눈동자(우물)에 비친 자기의 영상을 어려서 마음에 지니게 되었다는 것은 얼마나 다행스러운 일인가.

그리하여 거울을 통해 우리는 매일 우리의 외모만을 비추어보는 데 비해 우물에는 우리의 마음이 비친다. 이 우물이 하는 일은 바로 시가 하는 일이라고 할 수 있으며 윤동주의 시 역시 우리의 마음을 비추는 우물이다.

# 좀더 높은 수준의 절박함

—

## 나와 김현

이 글은 2012년 11월 목포문학관에서 김현기념사업회 행사 중 하나로 이야기한 내용이다.

**1**

'나와 김현'이라는 제목으로 생전의 그와 사귀면서 겪은 일들을 회상해보라는 것이 이번 청탁의 의도인데, 물론 일에 따라서 흥미로운 얘기가 될 수도 있겠으나, 언제 어디서 무슨 일이 있었다는 식의 과거 사실을 나열하는 것은 별 의미가 없다고 생각되어, 우리 공동의 생각거리인 '사귐(만남)'의 의미와 연관시키면서 얘기를 해볼까 한다.

김현은 글을 쓰기 시작한 젊은 시절 '인간과 인간의 진정한 만남은 어떻게 가능할 것인가'라는 주제에 사로잡혀 있었다고 쓴 적이 있다. 이것은 사실 젊은 시절 우리 모두의 공통 관심사라고 할 수 있고, 더구나 출세나 돈벌이 같은 것보다 '인간'과 '삶'에 깊은 관심을 가진 문학적, 철학적 취향의 사람들에게는 더욱 중요한 화두이며, 그가 주도한 것으로 알고 있는 '문지 동인'이 만들어진 것도 그러한 지향의 한 결과라도 할 수 있는바, 잡지나 출판의 형태로 진행되는 일종의 '문학적 공동체'를 위해서도 사귐의 문제는 중요하다고 할 수 있기 때문이다.

'글'이라는 끈으로 묶여서 굴러가는 문학적 공동체가 한 나라나 인류 사회에 창조적인 기여를 하려면, 말할 것도 없이, 그 구성원의 정신적 높이와 감정적 세련이 남달라야 하는데, 그러한 탁월성을 향한 움직임에서 매우 중요한 것이 '좀더 높은 수준의 절박함'이라고 나는 생각하며, 그렇다면 그제서는 '인품'이라는 전인적 능력의 비중이 커진다.

여기서 오늘 이야기의 모티프라고 할 수 있는 '좀더 높은 수준의 절박함'이라는 구절이 나오는 모리스 블랑쇼Maurice Blanchot의 책 『밝힐 수 없는 공동체 | 마주한 공동체』(박준상 옮김, 문학과지성사, 2005)의 한 대목을 읽어보려 한다.

> 인간 존재는 혼자서는 스스로에게 갇히게 되며 무감각해지고 평온 가운데 잠잠해지게 된다. [……] 그러므로 각 인간 존재의 실존은 타자 또는 복수의 타자를 부른다. [……] 따라서 각 인간 존재는 어떤 공동체를 부른다. 즉 유한한 공동체. 왜냐하면 그 공동체는 이번에는 자신을 조직한 인간 존재들의 **유한성**을 원리로 삼고 있기 때문이다. 그리고 인간 존재들을 구성하고 있는 **유한성**은 보다 높

은 수준의 절박함으로 나아가야 한다. 그 사실을 공동체가 망각한다면 인간 존재들은 참을 수 없을 것이다.

(pp. 18~20)

쉽게 말해서(어떤 말을 다른 말로 풀어 쓴다는 것이 어느 정도 폭력적이기는 하지만) 사람이 모여서 무엇을 만들 때, 거기 모인 사람들은 한결같이 각자 나름의 결핍을 안고 있게 마련인데, 그럴진대 그 구성원들은 스스로의 유한성을 원리로 조직된 공동체를 위해서 '좀더 높은 수준의 절박함'으로 나아가야 한다는 것이다. "그 사실을 공동체가 망각한다면 인간 존재들은 참을 수 없을" 것이다.

여기서 유한성이나 결핍의 원인은 여러 가지일 터인데, 한 사람의 인격을 형성하는 성격, 지적 능력, 정서적 특징, 교육 또는 성장 환경 따위들은 그의 잠재력의 토양이자 동시에 유한성을 만드는 요인이기도 할 것이다. 나는 젊은 시절에 우둔한 절실함에 대해 얘기한 적이 있지만, 가령 어떤 사람이 모든 일을 경쟁의식에 따라 접근하고 재단하는 나머지 질투나 시기가 그의 생각이나 행동을 결정하는 주요 동력이고 남을 이기는 것이 지상 과제이며 따라서 그것이 그의 '절박함'의 내용이라면 그는 그 자신을 위해서나 공동체를 위해서나 '좀더 높은 수준의 절박함'으로 나아가야 할 인물이다. 또 권력의지라는 것도 인간을 어떤 절박함으로 몰아넣을 수 있는데 그것이 맹목적일수록 공동체의 건강

좀더 높은 수준의 절박함

을 해치고 따라서 건강한 에너지를 고갈시키며 그리하여 모두를 불행하게 하기도 한다.

내 얘기는 경쟁의식, 질투, 시기심, 권력의지를 우리가 다소간에 가지고 있음을 부정하려는 게 아니라, 그것이 지나쳐서 우리의 생각이나 행동이 그러한 감정, 의식, 의지의 반사적 반응에 지나지 않을 때 그것은 그 당사자의 삶을 가짜로 만드는 건 물론 주위와 공동체를 불행하게 만든다는 이야기다.

## 2

앞 이야기의 맥락과 관련해서 김현이 갖고 있었던 미덕을 하나 들자면 그의 경청하는 태도다.

그에게는 물론 느낌의 섬세함과 앎의 진지함에서 나오는 미덕들이 있었는데, 예를 들어 잡지 『문학과지성』을 종로1가에 있었던 일조각에서 내던 시절 동인들이 모여서 교정을 보는 자리에 나도 끼어서 나의 「고통의 축제」라는 작품 교정을 본 적이 있다. 좌중의 누군가가 한자로 되어 있는 '고통'과 '축제'를 한글로 바꾸는 게 어떻겠느냐고 하자, 작자가 말하기도 전에 그가 단호하게 그냥 놔두자고 한 것(그것은 물론 시인이 쓴 작품을 다른 사람이 토씨 하나라도 고쳐서는 안 된다는 절대적인 존중이다)이나, 1970년대 중반인지 그가 직장 동료인 유평근과 함께 어느 날 밤, 벌써 어디서 한잔 걸치고 내가 사는 이촌동 아파트에 와서 철이 섞여 있는 재료로 만들어진 현관문을 노크가 아니라 구둣발로 뻥뻥 참으로써 과격하게(!) 친밀감의 밀도를 표시한 일 등(그에 대한 추모시 중 하나인 졸시 「정이 많아서」 참조).

그런데, 되풀이하지만 오늘의 화두와 관련해서 특히 기억하고 싶은 것은 그의 경청하는 태도다.

그는 자기가 만나고 싶지 않은 사람은 만나지 않았지만, 근본적으로 사람 사귀기를 좋아했고, 만나서 이야기하는 자리는 주로 술집이었다. 동네는 청진동, 무교동, 관철동 등지로 이어졌고 그가 사는 반포와 내가 사는 이촌동에는 항상 찾는 술집이 있었다. 술은 마시면 취하고 취하면 즐거우며 항상 발화의 촉매이니 다른 친구들과 함께 허구한 날 만나서 웃고 떠들었는데(나의 추모시 「황금 취기」 참조), '취중에 진담한다'는 격언이 사실이라면 우리는 진담을 참으로 많이 나눈 셈이겠다.

어떻든, 사람은 말할 때도 있고 들을 때도 있으므로 분명히 가르기는 어렵겠으나, 지내보면 들을 줄 아는 사람과 말하기를 좋아하는 사람으로 나누어볼 수도 있다.

그런데 내가 김현한테서 받은 인상은 그가 들을 줄 아는 사람이었다는 것, 그리고 건성으로 듣는 게 아니라 '경청'이라는 말뜻 그대로 아주 진지하게 귀를 기울였다는 것이다. 그리고 그러한 자질과 '인간과 인간의 진정한 만남'에 대해 숙고하는 정신은 어떤 게 먼저라고 할 수 없을 만큼 맞물려 있는 것이라고 할 수 있다.

그리고 개인의 차원을 넘어 국가에서 회사에 이르기까지 크고

좀더 높은 수준의 절박함

작은 집단들이 어떤 분야에서나 항상 풋풋한 에너지, 창조적 힘을 가지고 움직이려면, 마음의 차원에서, 경청이 매우 중요한 누룩곰팡이 노릇을 한다는 점은 의심할 여지가 없다. 그것은 구성원들의 운명인 결핍을 서로 보완하는 일이며, 실제의 차원에서도 의사결정 과정에서 있을 수 있는 갈등을 비교적 생산적으로 해소할 수 있는 처방이기도 하다.

"올바른 생각이란 잘 듣고 올바른 행동 방향을 선택하는 것이다"(헤라클레이토스)라는 현인의 말도 잘 듣기가 올바른 생각과 행동의 기초임을 강조한 말이고 "우리의 실존은 세계를 의미 있게 만드는 주체 따위가 아니라, 타자의 이름 없는 목소리에 귀 기울이는 수동적인 인간 존재다"(블랑쇼)라는 말도 '귀 기울이기'의 절대적 가치와 요청을 진정성 있는 어조(문장)로 들려주고 있으며, 또 릴케는 「오르페우스에게 부치는 소네트」 1번 작품에서 '경청'을 '신전' 세우는 일에 비교하고 있다. 물론 릴케의 작품에서의 경청은 만물이 오르페우스의 음악에 귀를 기울이면서 그들에게 일어나는 놀라운 사건을 노래하고 있는 것이지만, 어떤 말도, 특히 시적 언어가 그렇겠지만, 듣기에 따라서 듣는 사람의 마음에 '신전'에 비유할 만한 내적 변화를 일으킨다는 것을 겪어본 사람은 알고 있다.


**3**

인간에게는 여러 수준의 절박함이 있다. 가령 배고픔이나 갈증, 성욕과 같은 생리적 요구는 아무 수준도 있을 수 없는 동물적 욕구의 절박함을 가지고 이다. 이것이, 내 배만 채우면 되느냐, 라든지 성욕은 수단 방법을 가리지 않고 채워도 되느냐,라는 의문이 들 때 윤리적 수준이라는 좀더 높은 수준의 절박함으로 나아간다. 또 배부르게 먹은 뒤에 사람이 과연 배부르게 먹기만 하면 만사 아무래도 좋은가, 하는 의문이 들면 그때는 미적, 철학적 수준이라는 좀더 높은 수준의 절박함으로 나아가는 것일 터다. 본능은 절박한 것이지만, 좀더 높은 수준의 절박함으로 나아가기 위해서 본능이 극복되어야 할 경우가 있으며, 그럴 때 인간과 그의 삶은 상승적 축이라는 궤도에 진입하는 것일 터다.

예를 들자면 한이 없겠지만 우리의 일상생활에서도 가령 어떤 사람의 언행이 자신의 절박함에서 나왔는데 그 절박함이 어떤 무지나 어리석음에 뿌리를 두고 있어서 주위를 불편하게 하거나 구성원을 불행하게 한다면 그는 '좀더 높은 수준의 절박함'에 대해 숙고해보아야 한다. 감정이든 인식이든 그것이 거칠거나 저급하고, 그런데도 그러하다는 사실을 깨닫지 못하는 데서 나오는 절박한 언행은 우리를 속수무책의 지경에서 탄식하게 할 뿐이다.

또 문학 얘기를 하자면, 문학적인 글에 대한 평가도, 오늘의 이야기의 맥락에 따라 어떤 수준의 절박함이 낳은 것이냐가 기준이 될 수 있는데, '문학 언어는 억압하지 않아야 한다'는 김현의 성찰은, 비평가의 말로서는 흔치 않은 것이라고 생각된다. 그러한 생각은 나도 공유하는 것으로, 나는 평소 문학 언어가 다른 분야의 언어에 비해 덜 억압적이라고 생각해왔는데, 무슨 느낌이 있어서 강조한 것이 틀림없는 김현의 말은, 높은 수준의 절박함으로 나아가는 또 하나의 예가 되는 것으로 보인다.

　오늘, 공동체 구성원들의 삶에서 감정, 앎, 판단 같은 것들이 '좀더 높은 수준의 절박함'으로 나아가야 한다는 통찰을 화두로 삼은 것은 스스로에 대한 경책(警策)이 되고 또 공동체를 위해 조금이라도 도움이 되기를 바라는 마음에서 나온 것임을 짐작하셨을 줄로 믿는다.

# 전사, 영매, 광대
—
김지하에 관한 단상

「솔」 출판사 결정본 『김지하 전집』
에 발문으로 쓴 글이다.

    사람의 정신이란, 모든 생명 있는 것들이 다 그렇듯이, 어떤 위기나 장애 또는 비상한 국면에 직면했을 때 그 능력이 한껏 커지는 법이지만, 김지하야말로 나에게는 그러한 경우의 본보기라고 생각된다.

    그가 시 쓰기를 시작한 뒤, 그러니까 1970년대 초부터 1980년대 전반에 이르는 10여 년 동안 그의 삶은 쫓김과 잠행과 수감의 연속이었고, 그러한 상황의 고통스러움은 겪어본 사람만이 알 수 있는 것이라고 하더라도, 짐작건대, 그 긴장의 소용돌이는, 바로 그 속에서 씌어진 작품에서든 나중에 씌어진 작품에서든, 창조적 에너지의 원천이 된 게 틀림없는 것이다.

    지난 30년 동안의 한국의 정치적 상황은 이 시집의 「결별」이라는 작품에서 말하듯이 수치심과 모멸감 없이 살 수 없는 나날들이었고, 지금은 벌써 희미해지고 있지만, 심지어 살아 있는 게 창피할 지경인 그런 상황이었는데, 김지하는 특히 판소리−풍자라는 전술 무기를 써서 바깥의 억압과 공포 및 마음속의 수치심과 모멸감이라는 최악의 고약한 상태를 동시에 뚫고 나가려 했고, 그것은 그를 곧장 위험 속에 몰아넣었다. 그러나 그는 ——물론 그렇고 해서 겁이 나지 않은 건 아니었지만 —— 위험 속에 들어 있는 창조적 엘릭시르(연금약액, 鍊金藥液)를 마실 줄 알았는데, 혹시 그런 위험하고 괴로운 소용돌이에 어떤 순간 심지어 어지러이 취하지는 않았는지……

어떻든 그런 점에서 그는 전사(戰士)다.

한편 억울하고 비참하게 죽은 원혼들과의 교감에 남달리 민감해서 사람들이 죽은 장소엘 가면 그렇게 몸이 떨리고 진땀이 나며 가슴이 조여온다고 하는 이 시인은 영매임에 틀림이 없는데, 이러한 면모는 그의 시 쓰기가, 시 쓰기로 인한 수난과 더불어, 액막이 노릇을 한 것 중의 하나라는 점에서도 또한 그렇다. 그리고 이것은 시 고유의 사회적 기능과도 일치한다.

가령 부모를 반팔자라고 하듯이 우리가 태어난 나라 역시 우리의 반팔자라고 한다면, 기왕 타고난 땅이야 좋든 궂든 운명이라 치더라도 거기서 꾸려나가는 살림살이는 살 만한 것이기를 바라지 않는 사람은 없겠거니와, 그래서 의식 있는 사람들은 우리의 그러한 소박한 소망에 역행하는 사람들이나 집단의 잘못을 지적하고 비판하면서 살길을 찾아보기도 한다. 그리고 어떤 시인의 비상하게 민감한 촉각은 자기 당대의 액운과 질병을 위해, 스스로 작정을 한 것이든 스스로도 모르는 채이든, 굿을 하고 푸닥거리를 하기도 한다(옛 소련의 어떤 이론가는 이것을 카니발이라고 부르기도 했다). 김지하의 특히 '담시'는 말하자면 그러한 굿이며, 그리하여 그는 영매다.

그리고 그는 또 광대다. 그는 스스로를 광대라고 말했지만 그의 작품 「어름」(『김지하 전집』1, 이후 인용 시 동일) 역시, 모든 직업적인 매호씨들과 더불어, 자화상을 그리고 있음에 틀림없다.

줄 위에
외줄 위에
서른 살을 거네 산다면 그 뒤마저
죽음 후에도 산다면 영겁까지도

칼날에 더한 가파로움
잠보다 더한 이 홀로 가는 허공의 아픔
매호씨
또드락 딱딱
웃겨야 하네 아무렴
우린 광대이니까

[……]

거네

외줄에 거네

왼쪽도 오른쪽도 허공도 땅도 모두

지옥이라서 거네 딴 길이 없어

제길할 딴 길이 없어 어름에 거네

목숨을 발에 걸어 한중간에 걸어 이미 태어날 적에


이봐

매호씨

정기정기 정저꿍

구경꾼은 되도록

많은 쪽이 좋네 아무렴

우린 광대이니까 구경꾼은 되도록

야멸찬 것이 좋네

죽임을 죽어

박살나 피 토해도 웃겨야 하네 아무렴

죽음은 좋은 것

또 한 번뿐일 테니까.


칼날보다 더 가파로운 길이니 광대가 안 될 수 없고 "왼쪽도 오른쪽도 허공도 땅도 모두/지옥이라서" 딴 길이 없으니 어름사니가 될 수밖에 없다. 그 절박함을 잘 느끼지 못하는 사람은 그냥 구경꾼으로서 가슴 졸이거나 웃고 박수치고 하는 것이지만, 그 절박함을 잘 느끼는 사람은 웃다가도 눈물이 날 수밖에 없다. 중생이 다 불쌍하고 슬픈 것이지만 광대처럼 유쾌하고도 눈물겨운 존재가 또 어디 있으랴.

그리하여 김지하는 전사요 영매요 광대다.

그런데 전사는 외롭기 마련이다. 왜냐하면 그는 흔히 혼자 싸워야 하므로.

또 영매는 외롭기 마련이다. 그가 감지하는 것을 같이 감지하는 사람이 많지 않으므로.

광대 또한 외롭기 마련이다. 다른 사람들은 항상 구경꾼이므로.

그리고 그 외로움의 정도는 그가 지닌 지각의 성능과 비례하고 정과 비례하며 그의 가슴에 들어 있는 사랑과 비례하는데, 김지하는 마음이 아주 여린 사람이고 정이 많은 사람이며 사랑할 줄 아는 사람이다.

그러한 그의 사람됨이 낳은 것이 『애린』(실천문학사, 1986)으로, '길 양식'인 애린은 처참하게 죽은 넋이기도 하고 생명이기도 하며 아내였기도 하고 아름다운 것이기도 하며 정체 모를 외로움 자체이기도 하다. 그것은 그리운 것, 외로운 것, 슬픈 것들을 아우르는 어떤 것이며, 간절한 말을 하고 싶을 때 부르는 어떤 꿈과도 같은 존재이기도 하다. 따라서 그건 시인의 간절한 말을 이끄

전사, 영매, 광대

는 견인력이며 시인과 항상 같이 있는 유일한 가공 인물이기도 하다.

그의 남다른 외로움이 낳은 작품은 여러 편이지만 그중 「노을 무렵」을 한번 읽어본다.

눈부신 흰 시루봉 저녁

어여쁜 분홍 노을

내 시린 이마에 타는 노을

행길 저기서

아이들과 함께 공받기 하는 내 속에

행길 여기서

아이들과 함께 공받기 보고 있는 내 속에

담배 피우며 신문을 읽고 있는

내 속에 노을 무렵에

되똥거리는 빛나는 재잘거리는

닭, 참새, 붉은 구름, 사철나무 스쳐

지나는 바람, 머언 거리의 노래 소리

노래 소리 속에

나와 함께 공받기 하는 아이들 속에

눈부신 흰 시루봉 저녁

어여쁜 분홍 노을

내 시린 이마에 타는 노을

우리 집에 문득

불 켜질 때 나는 다시 혼자다

오늘은 새벽까지 술을 마시자.


김지하의 진면목은 '담시'에 있다고 나는 생각하지만, 하여간 그의 서정시를 읽으면 눈물겹고, '담시'를 읽으면 웃음이 터져나오지 않을 수 없다. 그러면서 「비어(蜚語)」 중 '소리내력'의 "안도(安道)란 놈"——죄도 아닌 여러 가지 죄에 대한 벌로 머리와 사지가 다 잘리고 남은 몸통을 굴려 벽에다 (그렇다 벽에다!) 쿵쿵 부딪는 안도와 시인이 잠시 겹치기도 한다.

그리고 그의 언어는 가령 「벽」이라는 작품에서 "벽/그것뿐 [……] 내 마음에/내 몸에 몸 둘레에/너와 나 사이 모든 우리들 사이/벽/다시 벽/네 이름을 쓰는/내 그리움을 눌러서 쓰는/벽"이라고 말하고 있기도 하지만, 위의 그 몸통이라는 느낌이 들기도 한다.


김지하는 아프다.

그는 줄곧 아팠고 지금도 아프다.

1960년대 이후의 정치사에 비추어보면, 우리의 건강의 척도는 우리가 얼마나 아프냐에 비례한다(!).

편안이나 건강은, 김지하라는 거울에 비춰보면, 악덕이다.

그렇다고는 하더라도, 이런 엉성하기 짝이 없는 글로서가 아

니라, 못 본 지도 오래됐으니, 얼른 건강이 좋아져서 술을 한잔할
수 있게 되기를 바란다.

(1992)

# 이 사람을 보라

—

## 도정일 형 소묘

이 글은 한 10년 전쯤 도정일 교수 정년퇴임에 즈음하여 그 제자들이 퇴임 기념 문집을 만든다며 나에게 청탁을 하여 쓴 것인데, 정작 당사자가 글을 미루고 쓰지 않는 바람에 책이 나오지 못하였다.

내가 도정일 형과 처음 만난 때는 1969년이나 1970년경이 아닌가 한다. 출판사나 잡지사 같은 데서 일을 하거나 간간이 번역을 하면서 먹고살던 때인데 나는 시사영어사에서 계획하고 있는 〈미국문학전집〉의 원고 교정을 하는 일을 맡게 되어 여섯 달쯤 일을 해주기로 하고 들어갔고, 그때 도정일 형은 그 회사에서 내는 월간 『시사영어연구』의 편집장이었다.

위낙 짧은 기간이라 특별히 기억할 만한 일은 생각이 나지 않지만, 그 회사 잡지팀, 사전팀, 단행본팀이 어울려 그의 집에 가서 저녁을 먹은 기억이 어렴풋이 나고, 그러나 나도 사람에 대해 민감한 편이라 그의 태도에서 벌써 그의 사람됨을 알아보고 호감을 갖게 되었던 듯한데, 그 사람됨이란 중후하다고 해도 좋고 대범하다고 해도 좋고 또는 심지가 깊다고 해도 좋을 그러한 인품을 말한다.

6개월이 지난 뒤, 나는 맡은 일도 끝나고 해서, 그때 시인이기도 했던 민재식 사장이 더 있으라고 하는데도 약속된 기간이 지났으니 그만두겠다고 하면서 나왔는데, 그 뒤 얼마 만인지 분명치 않으나 내가 그에게 무엇인지를 영역(英譯)해달라는 부탁을 해서 신문회관(지금의 프레스센터 자리) 도서실에서 만난 기억이 있다.

그 뒤 그는 동양통신으로 직장을 옮겼다가 미국으로 유학을 갔다는 얘기를 들었고, 10년쯤 흐른 뒤인지 어느 날 유학을 마치고 돌아왔다는 전화를 받고 그날 저녁에 만나 저녁을 같이 먹었는데, 술은 별로 하지 않는다고 했던 것 같다.

밥을 먹으면서 나는 그에게 이제 공부해가지고 온 걸, 그 보따리를 풀어야 하지 않겠느냐고 하면서 그의 눈을 보았는데, 별 대답이 없었던 그의 눈은 아주 강렬하게 내 뇌리에 박혔다. 그의 눈은, 비유컨대, 폭풍 전야의 날씨에 깃들어 있는 무슨 마적(魔的, demoniac)인 분위기 같은 걸 갖고 있었기 때문이다.

그때 그의 눈에서 받은 인상을 나는 지금 처음 말하는 것이지만, 뭐랄까 잔뜩 충전이 되어 있는 상태, 터질 듯이 꽉 차서 폭발을 기다리고 있는 상태, 헤아릴 길 없는 심연을 보는 것 같은 검은(마적인) 조짐 같은 것을 나는 느낄 수 있었다.

그 뒤 우리는 시상식 따위의 공식적인 자리에서 몇 번 스쳤을

뿐 별로 만나지 못했으나 나는 그가 잡지나 신문에 쓰는 글을 통해서 "역시!" 하고 감탄하며 간접적으로 만날 수 있었고, 수년 전부터는 '책읽는사회만들기국민운동' 상임 대표와 '문화연대' 공동대표로 일하고 있다는 소식을 들었다.

그가 잡지에 발표한 글들을 모아 첫 저서 『시인은 숲으로 가지 못한다』(민음사)를 낸 게 1994년 12월 30일이었다. 그러니까 독자가 그 책을 손에 쥔 건 1995년 초인데, 그는 서문에서 초고를 받고 서문을 쓰는 데 1년이 걸렸다고 썼다. 세 쪽 남짓한 서문을 쓰느라고 책 발간이 1년이나 늦춰진 것이다! 이런 일은 아마 세계 책 발행사상 처음 있는 일이 아닐까 싶은데, 그의 인품을 단적으로 드러내주는 일 중의 하나라고 생각된다. 왜 그랬을까? 책을 내기 싫었거나 적어도 '서둘러' 내기 싫었을까? 그랬을 수도 있다. 어떻든 그의 인품에서 느끼는 미덕의 하나는 서두르지 않는다는 것이다. 진지한 글이 많이 팔릴 리 없으니 돈에 대한 관심은 애초부터 없었을 터지만 가령 명성에 대해서도 큰 욕심이 없었을 수 있다. 글쓰기가 "나 여기 있소" 하는 존재 증명이라고 할까 명함을 내밀기 위한 행위라는 면이 있는 것이지만, 명성을 위해 서둘러 글을 쓰고 책을 내는 일에서 도정일은 초연한 듯하다. 또 물량주의에 물들어 물량 경쟁을 하는 듯한 오늘의 세태가 싫었을 수도 있다.

다시 한 번, 왜 그는 다 된 책 발간을 1년 동안 미루었을까? 20세기 동유럽의 한 빼어난 소설가가 죽으면서 친구에게 자기의 작품

이 사람을 보라

을 모두 태워버려달라는 유언을 했다고 전해지는 얘기를 우리는 알고 있거니와, 도정일은 혹시 1년 동안 자기의 글들을 태워버릴 것인가 말 것인가를 놓고 고민을 한 것은 아닐까. 그랬을 수도 있다. 그랬다면, 대단할 것도 없는 자기의 글에 도취되어 익사하는 사람이 적지 않은 듯한 세상에서(그리고 그걸 꿰뚫어 보는 안목도 드문데) 그러한 증상이나 태도에 혐오감을 느꼈을 수도 있다.

또는 현대 세계의 통신기술이 광적으로 좇고 있는 '속도'에 대한 반감과 그 속도의 얄팍함에 대한 혐오가 그를 한없이 느리게 했을 수도 있다. 최근에 내가 즐겁게 읽으면서 많이 배우기도 한 책 『대담』에서, 자살에 관한 얘기를 하는 중에, 자살 현상이 인터넷, 사이버, 정보시대와 관계가 있지 않을까라는 질문에 그는 이렇게 답하고 있다.

그건 모르겠습니다. 정보가 너무 많아졌어요. 인간의 인지능력이 도저히 감당할 수 없을 정도로 정보의 무한 공간이 생겨버린 거예요. 너무 많은 정보가 흐르면 사람들은 위축되고 혼란에 빠지고 무기력해집니다. 이걸 '정보의 바다로 떠내려간다'고들 합니다. 사실은 빠져 죽는 거죠. 사람은 유한한데 그를 둘러싼 정보는 무한합니다. 이럴 때 사람들은 그 무한한 것에 압도되어 무턱대고 '개종'하는 수가 있습니다. 무한한 것은 일종의 '신'이죠. 지금 인터넷은 거대 사원입니다. 신처럼 추종자, 개종자 들을 끌어모으고 있어요. 그 신전으로 들어가면 힘이 생기고 강대해지는 것처럼 느껴지죠. [……] 그런데 그건 아무래도 착각일 거라고 생각해요. 사람들은 신전에 신을 만나러 가지만, 어쩌면 그보다 더 중요한 것이 다른 사람들과의 깊고 두터운 '실물 접촉'입니다. 추상적 신이 안 보이면 안 보일수록 사람들은 서로 접촉이 필요해지죠. 그런데 인터넷에는 그런 구체적·인간적·능동적 접촉이 없습니다. 얇은 접촉만 있죠.

(p. 587)


오늘날 통신기술의 성질들을 결정하는 그 속도가 몰수하고 지워버리는 것은 사람들 사이의 깊고 두터운 실물 접촉을 비롯해서 느리게 진행되고 움직일 때에만 느낄 수 있고 확보할 수 있는, 그리하여 우리의 삶을 윤택하게 할 수 있는 가치들이다. 한마디로 말해서 두터운 삶의 실종인데, 그러한 삶은 이제 그리움으로만 남아 있는 듯하고, 도정일도 그러한 삶을 그리워하고 있는 듯한데, 왜냐하면 그가 두터운 사람이기 때문이다. 그리고 그러한 그리움이 낳은 것 중의 하나가 그가 그동안 열성적으로 실천하고 있는 '책읽는사회만들기국민운동'이요 그 운동의 일환인 지방 도시 도서관 건립 사업일 것이다.

다시 한 번, 그는 왜 세 쪽 남짓한 서문을 1년이 지나도록 넘기지 않으면서 책 간행을 만만디로 늦췄을까? 자기의 글들을 1년이 아니라 10년 동안이라도 고치고 싶었고 또 실제로 고치느라고 그랬을까? 아마 그랬을지도 모른다.


이 사람을 보라

그의 글이 명석하고 예리하다는 것은 이미 얘기되었지만 내 느낌으로는 그의 글을 탁월하게 하는 남다른 천분 — 도정일 고유의 천분이 있는데 그게 그의 파토스다. 현상의 배후·근본 또는 전체를 보는 깊은 사고, 서두르지 않고 한껏 엄밀하고자 하는 판단, 뛰어난 의미에서의 전복적 관점, 해박한 지식의 창조적 원용 그리고 최적의 낱말과 문장으로 표현하고자 하는 의지와 재능 들은 그것만으로도 놀라운 것이지만, 그러한 것들이 남다른 설득력을 갖게 하는 것은 그의 글 밑바닥에 눈에 띄지 않게 흐르고 있는 천분 — 인간 세상의 고통과 슬픔을 자기의 것으로 느끼는 그 파토스다. 쉽게 말해서 그에게는 머리만 있는 게 아니라 가슴도 있다. 그리고 그 파토스가 교육, 글쓰기, 독서 운동 같은 실천을 낳고 그러한 실천들을 남달리 참된 것이게 했으며 따라서 열매를 맺게 했다고 할 수 있다. 그러한 성품이 내가 그의 인품을 두텁다고 할 때 제일 핵심되는 의미이기도 하다.

그는 『대담』에서 자기가 생각하는 '두터운 세계'에 대해 얘기하고 있는데, '악'이 숨을 곳 없는 투명한 세계를 만들겠다는 부시의 전략을 비판하고 19세기 미국 청교도들이 시도했던 투명하고 깨끗한 사회 만들기의 실패 등에 대해 말하면서 인간의 가슴은 "어둡고 컴컴하고 깊어서 하느님의 눈으로도 그 안을 볼 수가 없다"고 말한다. "신조차도 들여다볼 수 없는 세계, 그게 내가 말하는 '두터운 세계'입니다. 인간에게는 그런 두터움, 심연이 필요합니다. 유한한 인간이 그런 심연을 가질 권리도 없다면 억울하

죠." 그러니까 내가 이야기한 인품의 두터움에는 위와 같은 앎을 비롯한 중요한 깨달음들도 당연히 포함된다.

나는 시 쓰기에서 육화의 중요성을 말해왔는데 이것은 다른 형식의 글에도 똑같이 중요하다는 것을 도정일의 글들은 깨우쳐 준다. 아는 척하는 수준의 앎, 앎과 그 주체가 따로 노는 듯한 앎, 진정성이 없는 앎은 많아도 육화된 앎은 만나기 쉽지 않다. '육화된 앎'이라면 소화된 지식, 화학 변화를 일으킨 지식이라는 평범한 뜻에서부터 실천되는 앎이라는 뜻에 이르기까지 여러 가지 의미를 부여할 수 있겠으나, 한껏 자기의 전부를 건 필연성들이 만든 지층에 묻혀 있는 자연 자원과도 같은 그 파토스가 효모가 되어 발효된 앎이라고나 할까. 하여간 그 비슷한 뜻을 상정하고 있는 듯하기도 하다. 어떻든 육화된 앎이란 두터운 앎이며 그것이 두터운 삶을 낳는다고 할 수 있는바, 그의 교육, 글쓰기, 독서 운동 등은 그러한 두터운 앎의 소산일 터다. 그렇다고 하는 것은 책과 도서관에 대한 그의 글에서도 확인되는 바이지만, 두텁다는 말을 계속 쓰기로 하자면 책 또한 가령, 전자 매체에 비해 두터운 세계이며 도서관도 물론 두터운 세계임은 말할 것도 없다.

그는 예의 첫 저서 서문에서 "지금은 나라 안팎이 시장과 가치의 극심한 혼돈시대를 맞고 있고 그래서 나 같은 태골에게도 해야 할 일이 다소 있을 것 같다. 1995년부터는 단단히 마음먹고 이런저런 '저술'들을 세상에 내놓을 계획"이라고 썼는데 그로부터 또 한 10년이 지났다. 물론 교육과 독서운동 및 도서관 건립

('책읽는사회만들기운동'은 그동안 다섯 개의 지방 도시에 도서관을 건립했다)에 전념했다는 걸 알고 있지만, 이제 정년퇴임도 했으니 준비해 놓은 저서들이 쏟아져 나오지 않을까 기대된다.

그러나 고이기가 무섭게 박박 긁어내거나 서둘러 까발리는 것보다는, 무언가 있다 있다 하면서 내놓지 않으면 사람을 대단히 궁금하게 할 뿐만 아니라, 우리의 상상에 따라 그게 무슨 보물처럼 여겨질 수도 있으니 시간을 끌어도 좋을 것 같다. 맨날 재고가 달리는 나 같은 사람은 누가 시를 써놓고 발표 안 한다는 것처럼 겁나는 게 없는데, 사실 사람들한테 겁을 주기 위해서는 쌓아놓은 게 많다는 얘기만 하고 내놓지 않는 것도 좋을 것 같다. 또한 아직 떠오르지 않은 태양, 아직 세상에 나오지 않은 아이들이 있다는 건 얼마나 신선하며 마음 부푸는 일인가. 단언컨대 도정일 형은 앞으로 책을 내지 않는 게 상책일 것 같다(!).

# 견디기 어려운 삶

—

기형도 시집 『입 속의 검은 잎』(문학과지성사, 1989)
출간에 즈음하여


　가족이나 친구, 선후배나 사제지간과 같은 잘 아는 사람이 죽
었을 때 사람들이 그 죽음을 견디는 모습은 여러 가지다. 빈소의
표정은 대개 눈물을 흘리거나 술을 마시고 노름을 하거나 공연
히 떠들어댄다. 그리고 죽음은 죽은 사람을 깨끗하게 할 뿐만 아
니라 산 사람도 깨끗하게 만들며, 사람들을 순하게 하고, 조금씩
성화시켜 짧은 동안이나마 종교적이 되게 하는 한편, 노인의 예
정된 죽음과 달리 젊은 죽음은 갑자기 끊어진 삶의 연속성이 만
들어내는 종잡을 수 없는 공허 속으로 사람들을 쫓아낸다고 할
까. 부유하게 하는 듯한 기분을 느끼게 한다.
　어떻든, 기형도가 죽었을 때 나는 빈소에서 새벽 2시경까지 술
을 마셨고, 집에 돌아와 화장실에서 변기를 끌어안고 토하면서

　　　　　　　　　　　　　　　　　　　　견디기 어려운 삶

깜박깜박하는 의식과 더불어 한참 울고 앉아 있었던 모양이다. 벌써 여섯 달 전의 일이다.

산다는 것은 견딘다는 것이다. 기형도는 29년밖에 삶을 견디지 못했다. "콘크리트처럼 나는 잘 참아왔다"(「오후 4시의 희망」)라는 그의 말도 견디기의 어려움을 드러내고 있지만 그가 삶을 견디기 어려웠던 까닭은, 그의 시집에서 받는 느낌으로는, 그에게 삶에 대한 환상이 없었기 때문이 아닌가 싶다. 우리가 견딘다는 것은 의지적인 뜻만을 함축하고 있는 것도 아니고 또 항상 의식적·주체적 대응을 한다는 뜻도 아니다. 환상은 우리가 삶을 이어가는 데 상당히 큰 몫을 한다. 우리가 흔히 하는 말에 속아 산다는 게 그것이다. 그런데 기형도한테는 그러한 환상이 남달리 없었던 것으로 여겨진다. 예컨대 "나는 기적을 믿지 않는다"(「오래된 書籍」) "나는 일생 몫의 경험을 다했다"(「진눈깨비」) "나는 이미 늙은 것이다"(「정거장에서의 충고」) 같은 구절은 그러한 사정을 잘 말해주고 있다. 꿈이나 환상이 삶의 지속과 성취를 위한 견인력이라면 그것은 또한, 좀 달리 표현하면, 좋든 나쁘든 삶을 위한 방패나 성채가 되기도 한다. 그러니까 그게 없는 사람이 죽음에 노출되는 것은 당연한 노릇일는지 모른다. 또는 그의 말처럼 "나와 죽음은 서로를 지배하는 각자의 꿈"(「포도밭 묘지」)이 된다. 시집에 해설을 쓴 김현은 그의 시 세계를 '그로테스크 리얼리즘'이라고 명명하면서 "자신 속에 암종처럼 자라나는 죽음을 바라다보는 개별자, 갇힌 개별자의 비극적 모습이, 마치 무덤

속의 시체처럼—그로테스크란 말은 원래 무덤을 뜻하는 그로타에서 연유한 말이다—뚜렷하게 드러나 있다는 데에 있"(「영원히 닫힌 빈방의 체험」)기 때문에 그의 시가 그로데스크하다고 말하는데, 사실 기형도의 시에는 죽음을 가리키는 기괴한 이미지들이나 암시들이 많이 있다.

나뭇잎은 한결같이 "검은" 잎이고, "두꺼운 공중의 종잇장 위에/노랗고 딱딱한 태양이 [……] 검고 무뚝뚝한 나무들 [……] 순식간에 공기는/희고 딱딱한 액체로 가득찬다"(「안개」) "하늘은 딱딱한 널빤지처럼"(「白夜」) 같은 구절에서 보듯이 살아 있고 움직이고 무한하고 빛나는 사물이 딱딱하게 굳어버리고 정지하고 막혀 있다. 심지어 "나무들은 그리고 황폐한 내부를 숨기기 위해/크고 넓은 이파리들을 가득 피워냈다"(「길 위에서 중얼거리다」)에서 보듯이, 크고 넓은 나무 잎을 보면서 그것이 황폐한 내부를 숨기기 위해 피워낸 것이라고 보는 데 이르러서는 독자의 속이 상할 지경이다.

무너지는 것이나 무너짐에 민감한 그의 촉각은 "내 입 속에 악착같이 매달린 검은 잎이 나는 두렵다"(「입 속의 검은 잎」)에서처럼 죽음의 예감과 공포에 쫓기기도 하고, 고드름을 보면서 "놀라워라. 가장 무서운 방향을 택하여 제 스스로 힘을 겨누는 그대, 기쁨을 숨긴 공포여, 단단한 확신의 즙액이여"에서 보듯이 "가장 무서운 방향"(=죽음)을 택하며 스스로 힘을 겨누는 것으로 파악하는 한편 그 죽음에의 의지를 "오르기 위해 떨어지는"(「이 겨울의 어두

견디기 어려운 삶

운 창문」) 것으로 본다.

　그러나 그가 꿈이나 환상을 갖고 있지 않았다고 하더라도, 그
의 짧았던 청춘을 지탱하게 한 꿈이 하나 있었던 것으로 보이는
데, 그것이 시 쓰기다. 시는 그에게 있어서 필경 세계와 소통하
는 제일 마음 놓이는 통로였을 것이고 "입구 없는 삶"(「가수는 입
을 다무네」)의 유일한 입구였을 것이다. 비록 그의 시집에 부정적
이미지들이 많이 있기는 하지만, 한 프랑스 철학자의 말을 빌려
"표현이 바로 존재를 창조하는 것"이라면, 기형도의 작품 속에
들어 있는 범상치 않은 표현들 ── 상투성에 대한 저항이 낳은 표
현들이 창조해내는 존재들은 우리의 눈길을 멈추게 한다. 예컨
대 "젖은 담배 필터같은/기침"이라든지 깜박 잠이 들었다는 얘
기를 "쉽게 잠이 오지 않는 축축한 의식 속으로/실내등의 어두
운 불빛들은 잠깐씩 꺼지곤 하였다"고 함으로써 의식 안팎의 정
황을 동시에 조명함으로써 안팎 움직임의 세밀화를 눈앞에 선
명히 보여준다든지, 어떤 사내가 웃는 모습을 "견고한 지퍼의 모
습으로/그의 입은 가지런한 이빨을 또 한 번 열어 보인다"(「鳥致
院」)든지, 이것도 생체(/사람)의 사물화와 상관이 있는 것이지만
"김은 비스듬히 몸을 기울여본다, 쏟아질 그 무엇이 남아 있다는
듯이"(「오후 4시의 희망」)라는 표현들이 그것인데, 그 외에도 여러
군데서 독특한 표현들을 만나게 된다.

　삶이라는 게 아무리 헛것이라고 하더라도, 그걸 극장의 객석
에 앉은 채 죽어, 너무 젊은 나이에 체현할 것까지야 없지 않았느

냐 싶은데, 어쩌랴 "저 홀로 없어진 구름은/처음부터 창문의 것
이 아니었으니"(「죽은 구름」)……

(『연세춘추』, 1989)

견디기 어려운 삶